À propos de l'autrice

Nora Roberts est l'une des autrices les plus lues dans le monde, avec plus de 400 millions de livres vendus dans 34 pays. Elle a su comme nulle autre apporter au roman féminin une dimension nouvelle ; elle fascine par ses multiples facettes et s'appuie sur une extraordinaire vivacité d'écriture pour captiver ses lecteurs.

Nora Roberts

Une famille pour Noël

Nora Roberts

Une famille pour Noël

Traduction française de
KARINE XARAGAI

HARLEQUIN

Titre original :
HOME FOR CHRISTMAS

Ce roman a déjà été publié en 2019

HARPERCOLLINS FRANCE
83-85, boulevard Vincent-Auriol, 75646 PARIS CEDEX 13
Service Lectrices — Tél. : 01 45 82 47 47 - www.harlequin.fr
ISBN 978-2-2804-8067-3

Composé et édité par HarperCollins France.
Imprimé en septembre 2022 par CPI Black Print (Barcelone)
en utilisant 100% d'électricité renouvelable.
Dépôt légal : octobre 2022.

FSC
www.fsc.org
MIXTE
Papier issu de sources responsables
FSC® C159065

Pour limiter l'empreinte environnementale de ses livres, HarperCollins France s'engage à n'utiliser que du papier fabriqué à partir de bois provenant de forêts gérées durablement et de manière responsable.

1

Tant de choses peuvent changer en dix ans ! Jason Law s'y était préparé. Dans l'avion qui l'emmenait loin de Londres, il avait songé à toutes les différences qu'il allait trouver, et sa réflexion s'était poursuivie le long de l'interminable route qui serpentait du nord de Boston jusqu'à Quiet Valley, New Hampshire, 326 habitants — du moins quand il en était parti, dix ans auparavant. Une décennie ne s'écoulait pas sans apporter son lot de changements, même dans ce coin perdu de Nouvelle-Angleterre. Il devait y avoir eu des naissances et des décès. Maisons et boutiques avaient sûrement changé de main. Peut-être certaines avaient-elles même disparu...

Pour la énième fois depuis qu'il avait pris sa décision, Jason se trouva stupide d'être retourné voir son village natal. Après tout, il y avait fort à parier que personne ne le reconnaîtrait. Le garçon rebelle de vingt ans, frêle d'épaules et vêtu d'un jean râpé, revenait aujourd'hui sous les traits d'un homme ayant appris entre-temps à troquer la révolte contre l'arrogance de la réussite. S'il avait conservé sa silhouette élancée, celle-ci était désormais mise en valeur par des costumes sur mesure de Savile Row et de la 7e Avenue. En dix ans, le garçon désespéré, bien décidé à se faire un nom, s'était métamorphosé en homme content de lui — du moins en apparence. Car ce qui n'avait pas changé en dix ans, c'était sa nature profonde. Il était toujours en quête de ses racines, de sa véritable place. C'était la raison de sa venue à Quiet Valley.

La route décrivait toujours les mêmes courbes et zigzags à travers bois, franchissait des montagnes, exactement comme le jour où il l'avait empruntée dans la direction opposée, à bord d'un Greyhound. Le sol disparaissait sous la neige, ici parfaitement lisse, là plus cahoteux, aux endroits où des congères s'étaient formées sur les rochers. Dans le soleil, les arbres scintillaient de blancheur. Ce paysage lui avait-il manqué ? Il avait passé un hiver enfoncé dans la neige jusqu'à la taille, sur la cordillère des Andes. Un autre à suffoquer sous l'impitoyable soleil d'Afrique. Les années se confondaient mais bizarrement, sur dix ans, il se souvenait de tous les endroits où il avait passé Noël, bien qu'il ne l'ait jamais fêté. La route se rétrécit et décrivit un large virage. Il pouvait voir les montagnes couvertes de pins et saupoudrées de blanc. Oui, tout cela lui avait manqué.

La lumière du soleil se réverbérait violemment sur les amas de neige. Il mit ses lunettes de soleil, ralentit, puis s'arrêta, mû par une subite impulsion. Lorsqu'il descendit de voiture, son haleine forma des bouffées blanches dans l'air glacé. Le froid lui picota la peau mais il ne boutonna pas son manteau et ne fouilla pas ses poches à la recherche de ses gants. Il avait besoin de retrouver cette sensation. Respirer cet air rare et glacial, c'était comme inhaler des milliers de minuscules épingles. Jason parcourut les quelques mètres qui le séparaient du haut de la crête et laissa son regard plonger en contrebas, sur Quiet Valley.

Il était né dans ce village, il y avait grandi. C'est là qu'il avait fait connaissance avec le malheur — et qu'il était tombé amoureux. Même d'ici, il apercevait la maison de Faith — ou plutôt la maison de ses parents, se corrigea-t-il, et la même bouffée de rage familière l'envahit. Elle devait vivre ailleurs désormais, avec son mari, ses enfants…

Voyant qu'il serrait les poings, il se força consciencieusement à détendre ses mains. En dix ans, il avait poussé à l'extrême sa faculté de canaliser ses émotions, il en avait fait tout un art. S'il arrivait à se maîtriser dans son travail, où il rendait compte de la famine, de la guerre et des souffrances, il pouvait bien s'appliquer cette discipline à lui-même. Les sentiments qu'il avait éprouvés pour Faith étaient ceux d'un adolescent. Il était un homme aujourd'hui et, quant à elle, elle faisait partie de son enfance, au même titre que Quiet Valley. Il avait fait plus de huit mille kilomètres rien que pour se le prouver. Faisant demi-tour, il revint à sa voiture et entreprit de descendre la montagne.

De loin, sous son manteau de neige, Quiet Valley, nichée entre montagne et forêt, ressemblait à une toile de Currier & Ives. Mais en approchant du village, c'est un paysage moins idyllique et plus accessible qui s'offrit à lui. La peinture des premières maisons isolées s'écaillait par endroits. Les barrières ployaient sous la neige. Il découvrit de nouvelles habitations là où jadis s'étendaient des champs à perte de vue. Le changement. Il s'y était pourtant préparé…

De la fumée s'échappait des cheminées. Des enfants et des chiens gambadaient dans la neige. Un coup d'œil à sa montre lui indiqua qu'il était 3 h 30. L'école était finie, et cela faisait quinze heures qu'il voyageait. Le plus judicieux était d'aller voir si l'auberge du coin, la Valley Inn, existait encore et d'y prendre une chambre. Un sourire flotta sur ses lèvres : était-ce toujours le vieux M. Beantree qui tenait l'auberge ? Combien de fois Beantree lui avait-il seriné qu'il ne ferait jamais rien de bon dans la vie ? Aujourd'hui, Jason revenait nanti d'un Pulitzer et d'un Overseas Press Award pour lui prouver le contraire.

A présent, les habitations étaient plus rapprochées les unes des autres et il les reconnut. La demeure des Bedford, la maison de Tim Hawkin, celle de la veuve Merchant. Il ralentit de nouveau en passant devant la coquette maison en bardeaux bleus de la veuve. Celle-ci n'avait pas changé la couleur de la façade, remarqua-t-il, et il en fut bêtement ravi. Et devant, le vieil épicéa du jardin était déjà orné de rubans rouge vif... Cette femme s'était montrée bonne envers lui. Il n'avait pas oublié les chocolats chauds qu'elle lui préparait et l'oreille bienveillante qu'elle lui prêtait tandis qu'il discourait pendant des heures sur les voyages qu'il comptait faire, sur les endroits qu'il rêvait de voir. Quand il était parti de Quiet Valley, la veuve affichait soixante-dix ans bien sonnés, mais c'était une femme robuste, native de Nouvelle-Angleterre. Il y avait des chances pour qu'il la retrouve dans sa cuisine, en train d'alimenter patiemment son fourneau à bois tout en écoutant son cher Rachmaninov.

Les rues du village étaient nettes et dégagées. Les habitants de Nouvelle-Angleterre sont des gens pratiques et, songea-t-il, de nature aussi rude que le socle rocheux sur lequel ils s'étaient fixés. Comme prévu, le village n'avait pas changé. La quincaillerie Railings se trouvait toujours à l'angle de la rue principale et le bureau de poste occupait toujours un bâtiment en briques pas plus grand qu'un garage. La sempiternelle guirlande rouge courait d'un réverbère à l'autre, comme dans ses souvenirs de jeunesse, à la saison des fêtes. Des enfants confectionnaient un bonhomme de neige devant la maison des Litner. Les enfants de qui ? se demanda Jason. Il scruta les cache-nez rouges et les bottes brillantes, sachant que parmi ces enfants se trouvaient peut-être ceux de Faith. De nouveau la rage le submergea et il détourna le regard.

L'enseigne de la Valley Inn avait été repeinte, mais c'était bien la seule différence visible sur le bâtiment en pierre de deux étages. L'allée avait été nettoyée à fond et des deux cheminées s'échappait de la fumée en épaisses volutes. Il dépassa l'auberge, malgré lui. Il avait autre chose à faire en priorité, il le savait depuis le début. Il aurait pu tourner à l'angle de la rue, rouler jusqu'au croisement et revoir la maison où il avait grandi. Mais il n'en fit rien.

Presque au bout de Main Street, il y aurait une maison blanche et proprette, plus grande que la plupart des autres habitations, avec deux grandes baies vitrées et une large véranda. C'est là que Tom Monroe avait emmené sa toute jeune épouse. Un journaliste de l'envergure de Jason savait comment dénicher ce genre d'info. Peut-être Faith avait-elle mis aux fenêtres les rideaux en dentelle qui lui plaisaient. Tom lui avait sûrement acheté les jolis services à thé en porcelaine dont elle rêvait. Il devait avoir comblé toutes ses attentes.

Au bout de dix ans, Jason avait encore du mal à le digérer. Néanmoins, il s'exhorta au calme tout en se garant le long du trottoir. Faith et lui avaient été amis jadis, et même amants, brièvement. Il avait eu d'autres maîtresses depuis, et elle un mari. Mais il se souvenait encore d'elle à dix-huit ans : ravissante, douce et passionnée. Elle avait voulu le suivre, mais il avait refusé. Elle lui avait promis de l'attendre, mais elle ne l'avait pas fait. Il inspira profondément et descendit de voiture.

La maison était pimpante. Derrière la grande baie vitrée qui donnait sur la rue trônait un arbre de Noël, bien vert et croulant sous les décorations dans la lumière du jour. De nuit, il devait se parer d'un scintillement magique. Jason n'avait aucun doute là-dessus : Faith avait toujours cru dur comme fer au miracle de Noël.

Planté sur le trottoir, il s'aperçut qu'il luttait

contre la peur. Il avait couvert des guerres et interviewé des terroristes, mais jamais il n'avait senti une appréhension semblable à celle qui lui tordait l'estomac en ce moment, debout sur ce petit trottoir balayé par la neige, face à une maison d'une blancheur immaculée, avec ses buissons de houx de part et d'autre de la porte d'entrée. Il pouvait toujours faire demi-tour. Il n'avait pas besoin de la revoir. Elle était sortie de sa vie. Puis, il vit les rideaux en dentelle aux fenêtres et son ancien ressentiment remonta à la surface, au moins aussi fort que sa peur.

Comme il s'engageait dans l'allée, une petite fille apparut en courant à l'angle de la maison, précédant de peu une boule de neige lancée avec adresse. La fillette se jeta à terre, roula et esquiva le projectile. Une seconde plus tard, elle s'était relevée et répliquait en lançant une autre boule de neige de toutes ses forces.

— En plein dans le mille, Jimmy Harding !

Dans un cri, elle se retourna en courant et fonça droit dans Jason.

— Oh, pardon !

Elle leva les yeux vers lui avec une grimace, couverte de neige de la tête aux pieds. Jason se crut revenu des années en arrière.

La gamine était le sosie de sa mère. Ses mèches brun foncé s'échappaient de sa capuche et retombaient à la diable sur ses épaules. Son petit visage triangulaire était mangé par des yeux bleus pétillants d'espièglerie. Mais c'était son sourire, ce même sourire qui semblait tout prendre à la légère, qui lui serra le cœur. Bouleversé, il recula d'un pas tandis que la petite fille brossait de la main la neige qui la recouvrait tout en le scrutant d'un œil aigu :

— C'est la première fois que je vous vois.

Il glissa les mains dans ses poches. « Mais moi, je t'ai déjà vue », songea-t-il.

— Oui. Tu habites ici ?

— Oui, mais pour la boutique, il faut faire le tour, c'est de l'autre côté.

Floc ! Une boule de neige s'écrasa à ses pieds. Elle haussa le sourcil d'un air très étudié.

— C'est Jimmy, expliqua-t-elle du ton d'une femme excédée par un soupirant. Il sait pas viser... La boutique est de l'autre côté, répéta-t-elle en se baissant pour confectionner une autre boule de neige. Vous n'avez qu'à entrer.

Elle fila, une boule de neige dans chaque main. Jimmy ne se doutait pas de ce qui l'attendait...

La fille de Faith. Il ne lui avait pas demandé son nom et il faillit la rappeler. Aucune importance. De toute façon, il ne resterait que quelques jours avant de repartir pour son prochain reportage. Il ne faisait que passer. Pour remettre les compteurs à zéro, c'est tout.

Il rebroussa chemin et fit le tour de la maison. Quel genre de boutique Tom pouvait-il bien tenir ? De toute façon, mieux valait le voir lui en premier. Il s'en délectait presque d'avance.

Le petit atelier auquel il s'attendait s'avéra en fait être un cottage victorien miniature. Le traîneau devant la boutique contenait deux poupées grandeur nature vêtues de chapeaux haut de forme et de bonnets de laine, de capes et de bottines. Au-dessus de la porte était accrochée une enseigne fantaisie peinte à la main et qui portait l'inscription : « La Maison de Poupée ». Jason poussa la porte qui s'ouvrit dans un tintement de clochettes.

— Je suis à vous tout de suite.

En entendant sa voix, Jason sentit le sol se dérober sous ses pieds. Mais il devait faire face. Il ne pouvait pas faire autrement. Otant ses lunettes noires, il les fourra dans sa poche et regarda autour de lui.

Des meubles d'enfant étaient disposés dans la boutique à la manière d'un petit salon douillet. Des poupées de toutes formes, de toutes tailles et de tous styles occupaient les chaises, les tabourets, les étagères et les placards. Devant une cheminée pour lutin où dansaient des flammes, une grand-mère poupée était assise, vêtue d'un bonnet et d'un tablier en dentelle. L'illusion était si forte que Jason s'attendait presque à la voir se balancer sur le rocking-chair.

— Pardon de vous avoir fait attendre.

Une poupée en porcelaine dans une main et un voile de mariée dans l'autre, Faith passa le seuil.

— J'étais en plein…

Elle se figea et le voile s'échappa de sa main. Sans un bruit, il voltigea jusqu'à terre. La couleur se retira du visage de Faith, donnant par contraste un reflet presque violet à ses yeux d'un bleu profond. En réaction — ou peut-être par réflexe de défense —, elle serra la poupée contre sa poitrine.

— Jason.

2

Dans l'encadrement de la porte, éclairée par la faible lumière hivernale qui filtrait chichement des minuscules fenêtres, elle était encore plus ravissante que dans ses souvenirs. Il avait espéré que cela serait différent. Il avait espéré que dans ses rêves il aurait exagéré sa beauté, comme souvent dans les fantasmes. Mais elle était là, en chair et en os, et si merveilleuse qu'il en fut saisi. C'est peut-être pour cela que son sourire se fit cynique et qu'il s'adressa à elle d'une voix plutôt froide.

— Salut, Faith.

Elle était pétrifiée sur place. Il l'avait piégée comme il l'avait déjà fait tant d'années auparavant. Il ne l'avait pas su à l'époque et elle n'allait pas le lui avouer maintenant. Elle lutta pour ne pas se laisser submerger par l'émotion qu'elle réprimait depuis si longtemps au fond de son cœur, et elle y parvint.

— Comment vas-tu ? réussit-elle à articuler, les mains crispées autour de la poupée.

— Bien.

Il alla vers elle. Dieu ! Que c'était bon de voir cette lueur de panique au fond de ses yeux… Dieu ! Quelle torture de sentir qu'elle avait toujours le même parfum… Doux, frais, plein d'innocence.

— Tu es superbe, lâcha-t-il d'un ton nonchalant, l'air presque blasé.

— Tu es vraiment la dernière personne que je m'attendais à voir entrer ici.

Du moins avait-elle appris à ne plus l'attendre… Bien décidée à se maîtriser, elle relâcha son emprise sur la poupée.

— Depuis quand es-tu ici ?

— Quelques jours à peine. Ça m'a pris brusquement.

Elle rit en espérant ne pas lui sembler exagérément nerveuse.

— Comme toujours. Nous lisons beaucoup d'articles sur toi. Tu as réussi à voir tous les endroits dont tu rêvais.

— Et d'autres encore.

Elle se détourna pour s'accorder une pause, fermer les yeux et se remettre de ses émotions.

— Tu as fait la une quand tu as décroché le Pulitzer. M. Beantree s'est pavané dans tout le village comme s'il avait été ton mentor. « Un gars bien, ce Jason Law, disait-il, j'ai toujours su qu'il deviendrait quelqu'un. »

— J'ai vu ta fille.

C'était sa plus grande peur, son plus grand espoir, le rêve auquel il avait renoncé bien des années plus tôt. Faith se baissa pour ramasser le voile d'un geste nonchalant.

— Clara ?

— Là, dehors. Elle était sur le point de faire sa fête à un certain Jimmy.

— Oui, c'est bien Clara.

Un sourire illumina aussitôt son visage, étonnamment identique à celui de sa fille.

— C'est une redoutable adversaire, précisa-t-elle. Elle aurait voulu ajouter « comme son père » mais n'osa pas.

Il y avait trop à dire, trop de choses qui ne pouvaient être exprimées. Jason mourait d'envie de tendre la main vers elle pour la toucher. La toucher ne serait-ce qu'une fois pour se rappeler l'impression que cela faisait.

— Je vois que tu as tes rideaux en dentelle.

Elle se sentit envahie de regrets. Elle aurait préféré des fenêtres nues, des murs vides.

— Oui, j'ai mes rideaux en dentelles et toi, ta vie de baroudeur.

— Et cette boutique, ajouta-t-il en promenant de nouveau son regard autour de la pièce. Quand tout cela a-t-il commencé ?

« Je vais tenir le coup, se promit-elle, je vais supporter cette conversation, ces horribles banalités. »

— J'ai ouvert la boutique il y a presque huit ans maintenant.

Il saisit une poupée de chiffon dans un couffin.

— Alors, comme ça, tu vends des poupées… C'est un passe-temps ?

Quelque chose brilla au fond des yeux de Faith. Une certaine force.

— Non, c'est mon travail. Je les vends, je les répare, et parfois même j'en fabrique.

— Ton travail ? s'étonna-t-il en reposant la poupée, et le sourire qu'il lui adressa n'avait rien à voir avec de la bonne humeur. J'ai du mal à imaginer Tom approuvant que sa femme monte sa propre affaire.

— Vraiment ?

La conversation prenait un tour pénible, mais Faith installa la poupée en porcelaine sur un comptoir et entreprit d'ajuster le voile sur sa tête.

— Tu as toujours été perspicace, Jason, mais il y a longtemps que tu es parti.

Elle le dévisagea par-dessus son épaule d'un regard où ne se lisait plus ni force ni nervosité. Un regard froid, c'est tout.

— Oui, bien longtemps, répéta-t-elle. Tom et

moi avons divorcé il y a huit ans. Aux dernières nouvelles, il vivait à Los Angeles. Tu vois, lui non plus n'avait guère de goût pour les petits villages. Ni pour les filles de la campagne.

Jason fut remué par un tourbillon d'émotions indéfinissables qu'il préféra ignorer pour l'instant. L'amertume constituait une parade plus aisée.

— On dirait que tu as tiré le mauvais numéro, Faith.

Elle rit de nouveau, mais froissa le voile dans sa main.

— On dirait, en effet.

— Tu ne m'as pas attendu, laissa-t-il échapper malgré lui.

Il s'en voulut et lui en voulut à elle aussi.

— Tu étais parti.

Elle se tourna lentement et joignit les mains.

— Je t'avais dit que je reviendrais. Je t'avais dit que je viendrais te chercher dès que possible.

— Tu ne m'as jamais téléphoné ni écrit. Pendant trois mois j'ai…

— Trois mois ? s'exclama-t-il, ulcéré, en la

saisissant par les bras. Après tout ce que nous nous étions promis, tout ce que nous espérions toi et moi, trois mois, c'est tout ce que tu étais prête à m'accorder ?

Elle l'aurait volontiers attendu toute sa vie, mais elle n'avait pas eu le choix. Luttant pour conserver une voix calme, elle le regarda droit dans les yeux. Il avait toujours le même regard : intense, impatient.

— Je ne savais pas où tu étais. Même ça, tu me l'as refusé.

Elle se dégagea de son emprise car elle éprouvait pour lui le même désir que jadis.

— J'avais dix-huit ans et tu étais parti.

— Et Tom était là.

Elle le fixa d'un air de défi.

— Et Tom était là, oui. Ça fait dix ans, Jason, et en dix ans tu ne m'as pas écrit une seule fois. Pourquoi maintenant ?

— Je me suis posé la même question, murmura-t-il, et il sortit, la laissant seule avec ses poupées.

Faith avait toujours eu des aspirations trop fantaisistes. Petite fille, elle rêvait de blancs destriers et de pantoufles de vair. Il lui fallait faire face tous les jours à la réalité d'une famille où l'on compensait le manque d'argent par un redoublement de fierté. Ses rêves, en revanche, ne se limitaient pas à la nuit.

Elle était tombée amoureuse de Jason à l'âge de huit ans, alors qu'il en avait dix : il était bravement venu à bout de trois garçons qui l'avaient jetée à terre dans la neige. Oui, ils avaient dû s'y mettre à trois. Encore aujourd'hui Faith y repensait avec un sentiment de satisfaction. Mais c'est le souvenir de Jason volant à son secours avec rage, dispersant ses adversaires, qui était encore le plus vivace à son esprit. Il était fluet à l'époque, et portait un manteau trop grand pour lui et rapiécé aux coudes. Elle se rappelait ses yeux baissés sur elle, d'un brun si sombre sous ses sourcils froncés de contrariété. La neige recouvrait ses cheveux blond clair et donnait des couleurs à son visage. Elle avait plongé ses yeux dans ce regard et était tombée amoureuse. Il avait marmonné quelque chose à son intention, lui avait tendu la main pour l'aider à se remettre debout, et l'avait grondée pour s'être attiré des ennuis. Puis, il était parti la tête haute, ses mains nues enfoncées dans les poches de son manteau trop grand pour lui.

De toute son enfance et son adolescence, jamais elle n'avait regardé un autre garçon. Bien sûr, de temps en temps elle faisait semblant de s'intéresser à quelqu'un d'autre, mais c'était dans l'espoir que Jason Law jette un regard sur elle.

Puis, à seize ans, sa mère lui avait cousu une robe pour le bal du printemps donné à la mairie, et il l'avait enfin remarquée. Lui et plusieurs autres garçons, et toute la soirée Faith avait flirté outrageusement avec un seul but en tête : Jason Law. Maussade et provocateur, il l'avait regardée danser tour à tour avec chacun des garçons. Elle avait tout fait pour cela. De même qu'elle avait veillé à le regarder droit dans les yeux avant de sortir prendre l'air. Il l'avait suivie, exactement comme elle l'avait espéré. Elle avait fait des manières. Il s'était montré mal élevé. Et il l'avait raccompagnée chez elle sous une pleine lune rebondie.

Il y avait eu d'autres balades après ce soir-là — au printemps, en été, à l'automne et en hiver. Ils s'aimaient comme seuls s'aiment les adolescents, avec insouciance, innocence, sans penser au lendemain. Elle lui confiait ses envies de maison remplie d'enfants, de rideaux de dentelle et de tasses en porcelaine. Il lui parlait de sa passion pour les voyages, de son désir de tout voir pour ensuite en rendre compte par écrit. Elle savait qu'il étouffait dans ce petit village, bridé par un père sans amour et qui ne lui laissait que peu d'espoir. De son côté, il savait qu'elle rêvait de pièces paisibles décorées de fleurs dans des vases en cristal. Mais ils étaient attirés l'un par l'autre et mêlaient tous leurs rêves en un seul.

Puis, par une belle nuit d'été où l'air embaumait le doux parfum des herbes sauvages, ils avaient cessé d'être des enfants et leur amour avait cessé d'être innocent.

— Maman, tu es encore dans la lune...

— Comment ?

De l'eau savonneuse jusqu'aux coudes, Faith se retourna. Sa fille se tenait sur le seuil de la cuisine, douillettement enveloppée dans une robe de chambre en flanelle qui lui arrivait jusqu'au menton. Avec ses cheveux fraîchement brossés et son visage rutilant de propreté, on aurait dit un ange. Mais Faith ne s'y trompa pas.

— En effet. Tu as fini tes devoirs ?

— Oui… C'est nul d'avoir des devoirs à faire alors que c'est presque les vacances.

— A qui le dis-tu !

— Tu es de mauvais poil, constata Clara en considérant la boîte à cookies d'un œil fixe. Tu devrais aller te balader.

— Un seul, déclara Faith, décryptant sans mal les intentions de sa fille. Et n'oublie pas de te laver les dents ensuite.

Elle attendit que Clara ait plongé la main dans la boîte.

— Tu as vu un homme cet après-midi ? Grand avec des cheveux blonds ?

— Hon-hon, répondit Clara, la bouche pleine,

en se tournant vers sa mère. Il venait vers la maison, alors je l'ai envoyé vers la boutique.

— Est-ce que... Est-ce qu'il t'a dit quelque chose ?

— Pas vraiment. Au début, il m'a regardée d'un drôle d'air, comme s'il me connaissait. Tu le connais, toi ?

Le cœur de Faith se mit à cogner calmement sur un rythme monotone et elle se sécha les mains.

— Oui. Il vivait ici il y a longtemps.

— Ah... Jimmy aime bien sa voiture.

Aurait-elle droit à un second cookie ?

— Je pense que je vais aller faire cette balade, Clara, mais je veux que tu ailles te coucher.

Reconnaissant le ton de sa mère, Clara comprit que le cookie devrait attendre.

— Je peux recompter les cadeaux sous l'arbre ?

— Tu les as déjà comptés et recomptés une dizaine de fois.

— Il y en a peut-être un nouveau ?

Faith la souleva de terre en riant.

— Aucune chance.

Puis elle sourit et porta Clara jusque dans le salon.

— Mais ça ne peut pas faire de mal de les compter une fois de plus.

Elle sortit dans l'air glacé à l'odeur de neige. Pourquoi fermer la porte à clé dans un village où elle connaissait tout le monde ? Resserrant son manteau autour d'elle, elle jeta un regard derrière elle en direction de la fenêtre du premier étage où dormait sa fille. Si, contre toute attente, sa maison n'était pas froide, si sa vie n'était pas vide, c'était grâce à Clara.

Elle avait laissé les lumières du sapin allumées, et les décorations colorées qui encadraient la porte lançaient des éclats festifs. Encore quatre jours avant Noël, songea-t-elle, et la magie était déjà de retour, comme chaque année. De l'endroit où elle se trouvait, le village avait le charme d'une carte postale avec ses guirlandes lumineuses, sa place avec l'arbre au sommet duquel brillait une étoile, ses réverbères allumés. Elle sentait la fumée des cheminées et l'odeur envahissante du pin.

A certains, le village pouvait sembler trop tranquille, ennuyeux diraient d'autres. Mais Faith y avait bâti sa vie avec sa fille. Elle avait altéré le cours de sa vie pour s'adapter à celle de Clara, et cela lui convenait tout à fait.

Pas de regret, se dit-elle en lançant un dernier regard en direction de la fenêtre de sa fille. Non, aucun.

Au cours de sa promenade, le vent se leva légèrement. Il y aurait de la neige à Noël. Elle le sentait. Elle attendait cela avec impatience, brusquement ramenée au présent.

— Tu aimes toujours te balader ?

3

Avait-elle su qu'elle tomberait sur lui ? Peut-être. Peut-être même l'avait-elle secrètement espéré…

— Certaines choses ne changent pas, répondit-elle simplement tandis que Jason se joignait à elle.

— Un après-midi m'a suffi pour m'en rendre compte.

Il songea au village qui n'avait pratiquement pas changé. Et aux sentiments qu'il éprouvait pour la femme qui marchait à son côté.

— Où est ta fille ?

— Elle dort.

Il était plus calme que l'après-midi, et bien décidé à le rester.

— Je ne t'ai pas demandé si tu avais d'autres enfants ?

— Non.

Il perçut une note de regret dans sa voix, à peine un soupir.

— Je n'ai que Clara.

— Pourquoi as-tu choisi ce prénom ?

Faith sourit. C'était bien de lui de poser des questions auxquelles personne n'aurait songé.

— Ça vient de *Casse-Noisette.* Je voulais qu'elle sache rêver.

Comme elle-même. Enfonçant les mains dans ses poches, elle se morigéna intérieurement : ils n'étaient que deux vieux amis traversant un paisible village.

— Tu es à l'auberge ?

— Oui... (Amusé, Jason se frotta la poitrine.) Beantree s'est chargé lui-même de me monter mes bagages.

— Le gars du coin qui a réussi...

Elle se tourna vers lui pour le regarder. En

un sens, c'était plus facile en se baladant ainsi. Etrange, quand elle l'avait revu, c'est l'image du jeune garçon qui s'était imposée à elle. Mais à présent, elle voyait l'homme. Ses cheveux avaient légèrement foncé, mais ils restaient très blonds. Ils n'étaient plus en bataille, mais coupés dans un style négligé très séduisant, qui laissait quelques mèches retomber sur son front. Il avait des traits si fins, avec ces pommettes saillantes… un visage qui l'avait toujours fascinée. Et sa bouche, toujours pleine, mais qui désormais affichait un pli dur qu'elle n'avait pas autrefois.

— Car tu as réussi, n'est-ce pas ? Tu as réalisé tous tes rêves.

— Presque tous.

Son regard croisa le sien et elle sentit tous ses anciens désirs affluer en elle.

— Et toi, Faith ?

Elle secoua la tête et continua à marcher, les yeux tournés vers le ciel.

— Je n'ai jamais eu autant d'aspirations que toi, Jason.

— Tu es heureuse ?

— Si l'on n'est pas heureux, c'est qu'on l'a bien cherché.

— C'est trop facile.

— Je n'ai pas vu les choses que tu as vues. Je n'ai pas eu à affronter les situations que tu as eu à gérer. Je suis quelqu'un de simple, Jason. C'était bien là le problème, n'est-ce pas ?

— Non.

Il se tourna vers elle et fit glisser ses mains sur son visage. Il ne portait pas de gants et ses doigts se réchauffèrent au contact de sa peau.

— Mon Dieu ! Tu n'as pas changé.

Comme elle restait parfaitement immobile, il passa la main dans ses cheveux, puis redescendit le long des pointes qui lui frôlaient les épaules.

— Des centaines de fois j'ai évoqué ton image au clair de lune. Tu étais exactement comme ce soir.

— J'ai changé, Jason, protesta-t-elle, troublée. Et toi aussi.

— Certaines choses ne changent pas, lui rappela-t-il avant de céder au désir qui l'embrasait.

Quand sa bouche effleura la sienne, il sut qu'il s'était retrouvé. Tous ses souvenirs, toutes ces choses qu'il croyait perdues lui appartenaient de nouveau. Faith était douce et sentait le printemps même si autour d'eux le sol était saupoudré de neige. Sa bouche était consentante, comme la première fois qu'il avait goûté à ses lèvres. Il n'aurait su dire pourquoi, lui-même ne se l'expliquait pas, mais chaque femme qu'il avait tenue dans ses bras n'avait été que l'ombre du souvenir qu'il gardait de Faith. A présent, elle était bien réelle, blottie entre ses bras, et lui offrant ce bonheur qu'il avait oublié.

Juste une fois, se promit-elle en se fondant contre son corps. Juste encore une fois. Comment aurait-elle pu savoir que sa vie souffrait d'un tel manque ? Elle avait voulu tirer un trait sur cette partie de sa vie qui incluait Jason, tout en sachant que c'était impossible. Elle avait tenté de se convaincre que leur histoire n'était qu'une passion de jeunesse, un engouement de petite fille, mais c'était un mensonge et elle le savait.

Il n'y avait jamais eu personne d'autre que lui, elle n'avait de souvenirs que d'un seul homme, et des désirs, des rêves à moitié oubliés.

Mais à cet instant, ce n'était pas un fantôme du passé qui l'enlaçait, mais bel et bien Jason, aussi réel et ardent qu'autrefois. Tout en cet homme lui était si familier : le goût de ses lèvres sur les siennes, la douceur de ses cheveux quand elle fit courir ses doigts dans ses mèches blondes, l'odeur virile, brute et sauvage, qui avait toujours été la sienne, même petit garçon. Il murmura son prénom et l'attira davantage à lui, comme si les années essayaient de les séparer de nouveau.

Elle l'enlaça, aussi consentante et fougueuse, aussi éprise que la dernière fois qu'il l'avait tenue entre ses bras. Le vent leur fouettait les chevilles, soulevant des nuages de neige tandis que le clair de lune les gardait enlacés.

Mais le passé était loin, se souvint-elle en reculant d'un pas. Et demain n'était pas encore là. Elle vivait dans le présent et c'était cela qu'il lui fallait maintenant affronter. Elle n'était plus une enfant, sans responsabilités et gonflée d'un amour si immense qu'il éclipsait tout le reste. Elle était une femme avec une enfant à élever et un foyer à créer. Jason, lui, était un nomade. Il n'avait jamais prétendu être autre chose.

— Toi et moi, c'est fini, Jason, dit-elle, mais elle lui abandonna sa main une seconde encore. C'est fini depuis longtemps.

— Non, répliqua-t-il, et il la saisit par le bras avant qu'elle n'ait pu s'écarter. Ce n'est pas fini. C'est pourtant ce que j'ai voulu croire, et j'étais revenu ici pour me le prouver à moi-même. J'ai passé la moitié de ma vie à être obsédé par toi, Faith. Ça ne sera jamais fini.

— Tu m'as quittée. (Les larmes qu'elle s'était promis de ne pas verser débordèrent de ses yeux.) Tu m'as brisé le cœur. J'ai à peine eu le temps de panser mes plaies, Jason. Je ne te laisserai pas me meurtrir une nouvelle fois.

— Il fallait que je parte, tu le sais bien ! Si tu m'avais attendu...

— Aujourd'hui ça n'a plus d'importance.

Résignée, elle secoua la tête et s'éloigna. Elle

ne pourrait jamais lui expliquer pourquoi il lui avait été impossible de l'attendre.

— Ça n'a plus d'importance, parce que dans quelques jours tu seras reparti. Je n'accepterai pas que tu entres et sortes de ma vie comme un ouragan pour m'abandonner ensuite au chaos de mes émotions. Nous avons tous les deux fait notre choix, Jason.

— Mais bon sang, tu m'as tellement manqué...

Elle ferma les yeux. Quand elle les rouvrit, ils étaient secs.

— J'ai dû cesser de penser à toi. Je t'en prie, laisse-moi tranquille, Jason. Je croyais que nous pourrions être amis, mais...

— Nous l'avons toujours été.

— Toujours ne veut plus rien dire.

Néanmoins, elle tendit les mains et saisit la sienne.

— Oh, Jason... tu étais mon meilleur ami, mais je ne peux pas t'accueillir à bras ouverts pour ton retour : tu me fais bien trop peur.

— Faith, murmura-t-il en entrelaçant ses

doigts autour des siens. Nous avons besoin de plus de temps, pour parler.

Elle le regarda et laissa échapper un long soupir.

— Tu sais où me trouver, Jason. Tu l'as toujours su.

— Laisse-moi te raccompagner jusque chez toi.

— Non.

Rassérénée à présent, elle sourit.

— Pas cette fois.

De la fenêtre de sa chambre, Jason jouissait d'une vue quasi imprenable sur Main Street. Il pouvait, s'il le voulait, regarder les chalands entrer et sortir du bazar, le Porterfield's Five and Dime, ou les gens qui traversaient d'un pas nonchalant la place du village. Trop souvent, son regard s'égarait vers la maison blanche située presque au bout de la rue. En proie à une agitation tenace, Jason s'était posté à la fenêtre pour voir Faith sortir de chez elle et surveiller du pas de la porte Clara qui partait à l'école en compagnie d'un groupe d'enfants. Il l'avait vue s'accroupir pour arranger le col du manteau de sa fille. Puis, du trottoir, tête nue et le dos tourné vers lui, elle avait suivi des yeux les enfants qui s'embarquaient pour une journée studieuse. Elle était restée là un long moment, les cheveux malmenés par le vent, et il avait vainement attendu qu'elle se retourne en direction de l'auberge, pour d'une certaine manière valider sa présence ici. Mais elle avait fait le tour de la maison pour aller à sa boutique sans un regard en arrière.

Et voilà que des heures plus tard, il se retrouvait à sa fenêtre, dans le même état d'agitation. Au vu du nombre de gens qu'il voyait repartir de La Maison de Poupée, le commerce de Faith était prospère. Elle travaillait sans relâche alors que lui restait posté à sa fenêtre, pas rasé, sa machine à écrire silencieuse, posée sur le bureau non loin de lui.

Il avait prévu de travailler à son roman pendant ces quelques jours — le fameux roman qu'il s'était promis d'écrire. Encore une promesse qu'il n'avait jamais été capable de tenir en raison de ses impératifs de voyages et de son métier de reporter. Il s'était dit qu'il pourrait y travailler ici, dans le calme et paisible village de son enfance, loin des exigences du journalisme et du rythme de vie effréné qu'il s'était imposé. Il s'était dit beaucoup de choses. Mais ce qu'il n'avait pas prévu, c'est qu'il se découvrirait aussi fou amoureux de Faith qu'il l'avait été à vingt ans !

Il s'écarta de la fenêtre et considéra fixement sa machine à écrire. Il y avait là des documents, les notes qui gonflaient des enveloppes de papier kraft, les pages inachevées de son manuscrit. Il n'avait qu'à s'asseoir et s'astreindre à travailler toute la journée ainsi qu'une bonne partie de la nuit. Il avait la discipline requise pour ce genre d'exercice. Mais sa vie ne se bornait pas à un livre laissé en plan, il y avait autre chose. Et il était en train d'en prendre conscience.

Quand il fut rasé et habillé, il était déjà midi passé. Il songea brièvement à traverser la rue pour aller vérifier que Mindy's servait toujours la meilleure soupe maison du village. Mais il n'était pas d'humeur pour une conversation de comptoir. Il prit délibérément la direction du sud — loin de Faith. Pas question de se ridiculiser en lui courant après.

En marchant, il passa devant une demi-douzaine d'anciennes connaissances. On l'accueillit avec des tapes dans le dos, des poignées de main et une curiosité avide. Au cours de ses nombreuses pérégrinations, il avait flâné sur la Rive gauche, remonté Carnaby Street et suivi les ruelles étroites de Venise. Après dix ans d'absence, la promenade le long de Main Street lui parut tout aussi fascinante. Il y avait une enseigne de coiffeur dont la spirale rouge tournoyait sur elle-même, s'enroulant à l'infini le long de son axe. Devant une boutique de vêtements, un Père Noël en carton grandeur nature faisait signe aux passants d'entrer.

Avisant un étalage de poinsettias, Jason se glissa à l'intérieur de la boutique et acheta le plus gros qu'il pouvait porter. La vendeuse était une ancienne camarade de terminale et elle lui tint la jambe dix bonnes minutes avant qu'il puisse s'esquiver. Il s'était attendu à ce qu'on lui pose des questions mais n'avait pas prévu qu'il serait devenu la gloire du village. Amusé, il redescendit la rue comme il l'avait déjà fait tant de fois auparavant. Arrivé devant la maison de la veuve Merchant, il ne prit pas la peine de passer par la porte d'entrée. Selon sa vieille habitude, il fit le tour et frappa à la double porte de derrière. Elle grinçait toujours, détail qui le transporta de joie.

Quand la veuve eut ouvert la porte et que ses yeux vifs l'eurent scruté entre les feuilles rouges des fleurs de poinsettia, il se rendit compte qu'il lui souriait comme à dix ans.

— Il était temps, lâcha-t-elle en le laissant entrer. Essuie-toi les pieds.

— Bien, m'dame.

Jason frotta ses chaussures contre le rude paillasson avant de poser le poinsettia sur la table de la cuisine.

Du haut de son mètre cinquante, la veuve

le considéra, les mains sur les hanches. Elle était un peu courbée par l'âge et son visage arborait toute une harmonie de plis et de rides. Son tablier à bavette était maculé de farine. Jason sentit l'odeur des cookies dans le four et entendit le son majestueux de la musique classique s'échappant des enceintes du salon. La veuve hocha la tête à la vue des fleurs.

— Tu as toujours aimé les grandes déclarations.

Lorsqu'elle se tourna pour le détailler de pied en cap, il se redressa d'instinct.

— Tu as forci à ce que je vois, mais quelques kilos de plus ne te feraient pas de mal. Allez, viens m'embrasser.

Il se pencha pour déposer consciencieusement un léger baiser sur sa joue, puis à sa grande surprise, il se retrouva à la serrer contre lui. Il la sentit fragile. Il ne s'en était pas aperçu en la regardant, mais elle gardait le parfum des bonnes choses de l'enfance : le savon, la poudre et le sucre chaud.

— Vous n'avez pas l'air étonnée de me voir, murmura-t-il en se redressant.

— Je savais que tu étais ici.

Elle lui tourna le dos pour s'affairer autour du four afin de dissimuler ses yeux remplis de larmes.

— L'encre de ta signature sur le registre de l'auberge n'était pas encore sèche que j'étais déjà au courant. Il faut que je sorte ces cookies du four.

Il s'assit et garda le silence pendant qu'elle s'activait, digérant le sentiment réconfortant d'être rentré à la maison. C'est ici qu'il avait toujours pu trouver refuge étant enfant. Tandis qu'il la regardait s'affairer aux fourneaux, elle entreprit de faire chauffer du chocolat dans une petite casserole cabossée.

— Tu restes combien de temps ?

— Je n'en sais rien. Normalement, je suis censé être à Hongkong dans quinze jours.

— Hongkong ?

La veuve eut une moue méprisante tout en disposant les cookies sur une assiette.

— Tu es allé partout où tu rêvais d'aller, Jason. Etait-ce aussi palpitant que ce que tu t'imaginais ?

— Certains endroits, oui.

Il s'étira les jambes. Il avait oublié ce que c'était que la sensation de pouvoir se détendre le corps, l'âme et l'esprit.

— D'autres, non.

— Et maintenant, tu es rentré au pays, constata-t-elle en allant poser les cookies sur la table. Pourquoi ?

Avec toute autre personne, il aurait pu se contenter de rester dans le vague. Il pouvait même se mentir à lui-même. Mais cette femme n'admettrait que la vérité.

— Faith.

— Toujours Faith.

De retour au fourneau, elle remua le chocolat. Jason avait été un enfant perturbé et, adulte, il continuait à traîner son mal-être.

— Tu as su qu'elle avait épousé Tom ?

Et avec la veuve Merchant, inutile de dissimuler son amertume.

— Six mois après mon départ, j'ai appelé chez elle. J'avais décroché un boulot chez *Today News*. On m'avait affecté à un bureau minable à Chicago, mais pour moi, c'était quelque chose. J'ai appelé Faith, mais je suis tombé sur sa mère. Elle a fait preuve de beaucoup de gentillesse, de compassion même, pour m'apprendre que Faith était mariée, mariée depuis trois mois, et qu'elle attendait un bébé. J'ai raccroché et j'ai noyé mon chagrin dans l'alcool. J'ai bu jusqu'à l'ivresse. Le lendemain matin, je suis parti pour Chicago.

Il prit un cookie dans l'assiette et haussa les épaules.

— La vie continue, pas vrai ?

— Oui, la vie continue, bon an mal an. Mais tu sais qu'elle est divorcée à présent ?

— Nous nous étions fait une promesse. Et elle a épousé quelqu'un d'autre.

La veuve poussa un soupir exaspéré, tel un jet de vapeur s'échappant d'une bouilloire.

— Tu es devenu un homme, à ce que je

vois, tu n'es plus un gamin impétueux. Faith Kirkpatrick…

— Faith Monroe, rectifia-t-il.

— Bon, bon, d'accord…

Patiemment, elle versa le chocolat chaud dans les mugs. Après les avoir posés sur la table, elle s'assit en poussant un soupir tranquille.

— Faith est une femme forte et magnifique, à tous points de vue. Elle élève seule sa petite fille et s'en sort remarquablement bien. Elle a monté un commerce et le fait prospérer. Seule. Et crois-moi, j'en connais un rayon sur la solitude…

— Si elle m'avait attendu…

— Eh bien, elle ne l'a pas fait. Quant à ses raisons, je préfère garder mon opinion pour moi.

— Pourquoi a-t-elle divorcé de Tom ?

La vieille femme se carra dans son fauteuil, laissant ses coudes reposer sur les accoudoirs usés.

— Il l'a quittée alors que Clara n'avait que six mois.

Les doigts de Jason se crispèrent sur l'anse de son mug.

— Il l'a quittée, comment ça ?

— Tu devrais savoir ce que ça signifie. Tu as fait la même chose. (Elle saisit son mug de chocolat à deux mains.) Je veux dire par là qu'il a pris ses cliques et ses claques et qu'il est parti. Faith est restée avec la maison — et les factures. Il a vidé le compte en banque et s'en est allé dans l'Ouest.

— Mais sa fille...

— La dernière fois qu'il l'a vue, elle était encore en couche-culotte. Faith s'est débrouillée seule. Après tout, il lui fallait penser à son enfant, même si c'était à son propre détriment. Ses parents l'ont soutenue. Ce sont des gens bien. Elle a emprunté et monté sa boutique de poupées. Nous sommes fiers d'elle ici.

Jason regarda fixement par la fenêtre, là où s'étendaient les rameaux d'un vieux sycomore, dégouttant de neige et de glace.

— Donc quand je suis parti, elle a épousé

Tom et c'est lui ensuite qui est parti ? On dirait que Faith a le don de tirer le mauvais numéro.

— Tu crois ?

Il avait oublié à quel point sa voix pouvait être sèche et il eut du mal à réprimer un sourire.

— Clara ressemble à Faith.

— Mmm… Elle tient beaucoup de sa mère. (La veuve sourit, le nez dans son mug.) Mais j'ai toujours su déceler les traits de son père chez elle. Ton chocolat est en train de refroidir, Jason.

Il en prit une gorgée, l'air absent. La saveur du chocolat fit affluer les souvenirs à sa mémoire.

— Je ne m'attendais pas à retrouver ce sentiment d'appartenance à Quiet Valley. C'est drôle. Du temps où je vivais ici, je n'avais pas cette impression comme je l'éprouve aujourd'hui.

— Tu n'es pas encore retourné voir ton ancienne maison ?

— Non.

— C'est un couple très sympathique qui y habite maintenant. Ils ont fait construire une véranda à l'arrière.

Cela ne signifiait rien pour lui.

— Cet endroit n'a jamais été un foyer pour moi. (Il posa son mug de chocolat et prit la main de la vieille dame.) Contrairement à cette maison. Vous êtes la seule mère que j'ai jamais eue.

La main de la veuve, fine et sèche comme du parchemin, agrippa la sienne.

— Ton père était un homme dur, et perdre ta mère si jeune n'a peut-être pas arrangé son caractère.

— A sa mort, je n'ai ressenti que du soulagement. Et je n'en éprouve même pas de regrets. C'est peut-être pour ça que je suis parti à ce moment-là. Mon père mort, la maison vendue, le moment me semblait bien choisi.

— Il l'était peut-être, pour toi. Et peut-être qu'une même occasion propice se représentera. Tu n'étais pas un bon garçon, Jason. Mais tu n'étais pas un mauvais gars non plus. Accorde-toi donc un peu de ce temps que tu voulais tellement prendre de vitesse il y a dix ans.

— Et Faith ?

La vieille dame se renfonça de nouveau dans son siège.

— Si je me souviens bien, tu ne l'as pas beaucoup courtisée. J'ai plutôt l'impression que cette fille te tournait autour en affichant clairement ses intentions. Un homme comme toi, qui a roulé sa bosse, devrait savoir comment conter fleurette à une femme. Tu as probablement appris à faire de belles phrases.

Il se servit un autre cookie et mordit dedans.

— Une ou deux expressions…

— Je n'ai jamais vu une femme rester indifférente à de beaux discours.

Il se pencha pour lui baiser les deux mains.

— Vous m'avez manqué.

— Je savais que tu reviendrais. A mon âge, on sait attendre. Va reconquérir ta petite amie.

— C'est ce que je vais peut-être faire, en effet.

Il se leva et enfila son manteau.

— Je reviendrai vous voir.

— J'y compte bien.

Elle patienta le temps qu'il ouvre la porte.

— Jason... Boutonne ton manteau.

Elle ne sortit son mouchoir que lorsque la porte se fut refermée sur lui.

4

Lorsqu'il se retrouva dehors, le soleil brillait haut dans le ciel. De l'autre côté de la rue, un bonhomme de neige était en train de perdre ses rondeurs à vue d'œil. Jason retrouva les rues telles qu'elles lui étaient apparues la veille en arrivant au village : pleines d'enfants tout juste sortis de l'école. Il éprouva lui-même une bouffée de liberté. Se dirigeant vers le nord, il vit une fille s'écarter d'un groupe d'enfants pour venir vers lui. Même emmitouflée comme elle l'était dans son bonnet et son écharpe, il reconnut Clara.

— 'Scusez-moi, vous viviez ici avant ?

— Absolument.

Il avait envie de rentrer les mèches de la petite fille sous son bonnet mais se retint.

— Ma mère me l'a dit. Aujourd'hui à l'école, la maîtresse nous a dit que vous étiez parti et que vous étiez devenu célèbre.

Il ne put réprimer un large sourire.

— Eh bien, disons simplement que je suis parti, oui.

— Et vous avez eu un prix. Comme le frère de Marcie qui a gagné un trophée au bowling.

Il songea à son Pulitzer et parvint, non sans mal, à garder son sérieux.

— Quelque chose comme ça.

Aux yeux de Clara, il n'avait rien d'exceptionnel, elle ne le voyait pas comme un baroudeur ayant parcouru le monde. La petite fille plissa les yeux :

— Vous êtes vraiment allé à tous ces endroits comme les gens racontent ?

— Ça dépend de ce qu'ils racontent.

D'un accord tacite, ils se mirent à marcher ensemble.

— J'ai été à certains endroits.

— A Tokyo, par exemple ? C'est la capitale du Japon, on l'a appris à l'école.

— Oui, à Tokyo, par exemple.

— Vous avez mangé du poisson cru ?

— Ça m'est arrivé.

— Berk, c'est vraiment dégoûtant !

Mais elle semblait plutôt ravie. Elle se baissa pour ramasser une poignée de neige sans ralentir son allure.

— C'est vrai qu'en France ils écrasent le raisin avec leurs pieds ?

— Je ne l'ai jamais vu faire, mais je l'ai entendu dire.

— Je suis sûre que je boirai jamais de vin après ça. Est-ce que vous êtes déjà monté sur un chameau ?

Il la regarda lancer son projectile contre un tronc d'arbre.

— Figure-toi que oui.

— C'était comment ?

— Inconfortable.

Elle le crut volontiers car elle s'était déjà fait la même réflexion.

— La maîtresse nous a lu un de vos articles aujourd'hui. Celui sur la tombe qu'on a découverte en Chine. Vous avez vu les statues ?

— Oui.

— C'était comme dans *Les Aventuriers de l'Arche perdue* ?

— Comme dans quoi ?

— Vous savez bien, le film avec Indiana Jones…

Il lui fallut un moment pour comprendre, puis il rit. Instinctivement, il lui rabattit son bonnet sur les yeux.

— Un peu, oui.

— Vous écrivez bien.

— Merci.

Ils se tenaient sur le trottoir devant sa maison. Jason leva les yeux, surpris. Il ne s'était pas rendu compte qu'ils avaient parcouru autant de chemin et regretta de ne pas avoir ralenti le pas.

— On a un exposé à faire sur l'Afrique, dllara Clara en fronçant le nez. Il faut que ça fasse cinq pages. Mle Jenkins veut qu'on l'ait fini après les vacances de Noël.

— Depuis combien de temps tu as ce devoir ?

Il n'avait pas oublié son passé d'écolier…

Clara dessina un cercle dans la neige, au bord de la pelouse de sa maison.

— Une quinzaine de jours.

Oui, constata-t-il avec plaisir, ses souvenirs étaient exacts…

— Je suppose que tu l'as déjà commencé.

— Euh, si on veut…

Elle lui adressa son fameux sourire éclair, lumineux.

— Vous êtes allé en Afrique, pas vrai ?

— Deux ou trois fois.

— Vous devez tout savoir sur le climat, la culture et ce genre de trucs… ?

Il la considéra avec un grand sourire.

— Disons que j'ai quelques connaissances.

— Vous pourriez peut-être rester manger chez nous ce soir ?

Sans lui laisser la possibilité de répliquer,

elle le prit par la main et lui fit contourner la maison pour l'amener à la boutique.

Ils trouvèrent Faith en train d'emballer une poupée dans une boîte. Ses cheveux étaient relevés en chignon et elle portait un pull ample sur un jean. Elle riait des propos d'une cliente.

— Lorna, vous savez que vous n'auriez pas pu l'avoir autrement.

— Bah, n'importe quoi !

La femme posa la main sur son énorme ventre et soupira.

— Je voulais vraiment que ce bébé arrive avant Noël.

— Il vous reste encore quatre jours.

— Salut, maman !

Faith se tourna pour sourire à sa fille. Apercevant Jason, elle laissa échapper de sa main la pelote de ruban qui se dévida à ses pieds en un flot écarlate.

— Clara, tu ne t'es pas essuyé les pieds, parvint-elle à dire sans quitter Jason du regard.

— Jason ! Jason Law.

La femme se précipita sur lui et le saisit par les deux bras.

— Lorna… Lorna McBee !

Il contempla le joli visage rond de son ancienne voisine.

— Bonjour, Lorna, la salua-t-il — et il baissa rapidement le regard sur elle. Félicitations.

Une main sur son ventre, celle-ci se mit à rire.

— Merci, mais c'est mon troisième.

Il revit la fille maigre et désagréable qui vivait à côté de chez lui.

— Trois ? Tu n'as pas perdu de temps.

— Bill non plus. Tu te souviens de Bill Easterday, non ?

— Tu as épousé Bill ?

Il se rappelait un garçon qui traînait sur la place du village à chercher les ennuis. En certaines occasions, Jason lui en avait fourni le prétexte.

— Je l'ai mis au pas.

A la vue de son sourire, il la crut bien volontiers.

— C'est lui qui tient la banque. (Elle gloussa

devant la mine que fit Jason.) Sans blague, tu n'as qu'à y passer un de ces quatre. Il faut que je mette cette boîte sous clé dans un placard avant que mon aînée ne puisse la voir. Merci Faith, c'est absolument ravissant.

— J'espère que la poupée lui plaira.

Pour s'occuper les mains, Faith entreprit de rembobiner la pelote de ruban. Un courant d'air froid s'engouffra dans la boutique lorsque Lorna s'esquiva, mais fut interrompu quand la porte se referma derrière elle.

— C'était la poupée en robe de mariée ? s'enquit Clara.

— Oui.

— Trop tarte. Je peux aller chez Marcie ?

— Et tes devoirs ?

— J'en ai pas, à part cet exposé débile sur l'Afrique. Il va m'aider à le faire.

Jason haussa un sourcil en voyant le sourire que lui adressa Clara.

— Pas vrai ?

Comment résister à un tel regard ?

— Oui, c'est d'accord.

— Mais Clara, tu ne peux pas…

— Puisque je te dis que c'est d'accord : je l'ai invité à dîner.

Elle la dévisagea, hilare. Sa mère ne manquerait pas d'être prise à son propre piège : elle lui rebattait suffisamment les oreilles avec son obsession des bonnes manières !

— C'est les vacances ce soir, alors je peux faire cet exposé après le repas, hein ?

Jason décida de venir à sa rescousse.

— Une fois, j'ai passé six semaines en Afrique. Clara pourrait obtenir un A.

— Ça ne lui ferait pas de mal, marmonna Faith.

Ils la regardaient. Mais son cœur leur appartenait déjà à tous les deux.

— Je crois que je ferais mieux d'aller préparer le repas.

Faith n'avait pas fermé la porte de La Maison de Poupée et retourné le panonceau « Fermé » côté rue, que Clara filait déjà dans le jardin des voisins.

— Désolée si elle t'a embêté, Jason. Elle a l'habitude de harceler les gens de questions.

— Je l'aime beaucoup, répondit-il simplement, et il observa Faith s'affairer maladroitement avec le loquet.

— C'est très gentil de ta part, mais ne te sens pas obligé de l'aider à faire cet exposé.

— J'ai dit que je l'aiderais. Je tiendrai ma promesse, Faith. Tôt ou tard, ajouta-t-il en effleurant l'une de ses épingles à cheveux.

Elle fut forcée de croiser son regard. Impossible de faire autrement.

— Evidemment, tu es le bienvenu à la maison ce soir.

Elle tripotait les boutons de son manteau tout en parlant.

— J'avais prévu de faire frire du poulet.

— Je vais te donner un coup de main.

— Non, ce n'est pas la...

Il l'interrompit en refermant sa main sur la sienne.

— Je ne te rendais pas si nerveuse, avant.

Avec effort, elle se reprit.

— Non, c'est vrai.

Dans quelques jours, il serait parti. Sorti de sa vie. Peut-être devrait-elle profiter du peu de temps qui lui était accordé ?

— Très bien, tu peux venir m'aider.

Il lui prit le bras pour traverser la pelouse. Bien que percevant sa résistance initiale, il fit mine de l'ignorer.

— Je suis allé voir la veuve Merchant. J'ai eu droit à des cookies tout juste sortis du four.

Faith se détendit et elle poussa la porte de la cuisine.

— Elle garde le moindre entrefilet signé de ton nom.

La cuisine était deux fois plus grande que celle qu'il venait de quitter et les dessins affichés sur le réfrigérateur tout comme la paire de chaussons ouatinés balancés dans un coin témoignaient de la présence d'un enfant. Se mouvant avec aisance, Faith alla mettre la bouilloire sur le feu avant d'ôter son manteau. Elle le suspendit à une patère près de la porte, puis se retourna pour prendre celui de Jason.

Les mains de ce dernier se refermèrent sur les siennes.

— Tu ne m'avais pas dit que Tom t'avait quittée.

Elle savait qu'on se serait vite chargé de le lui dire ou qu'il n'aurait pas mis longtemps à l'apprendre de toute façon.

— Ce n'est pas le genre de détail que j'ai en permanence à l'esprit. Du café ?

Elle drapa son manteau sur un crochet et se tourna vers lui, mais il lui bloqua délibérément le passage.

— Qu'est-ce qui s'est passé, Faith ?

— Nous avons commis une erreur.

Elle énonça cette constatation calmement, avec même une certaine froideur dans la voix. C'était la première fois qu'il l'entendait s'exprimer sur ce ton.

— Mais il y avait Clara...

— Arrête.

La colère envahit immédiatement son regard et demeura au fond de ses yeux, brûlante.

— Laisse tomber, Jason, je ne plaisante

pas. Clara, c'est mon affaire. Mon mariage et mon divorce, ça me regarde. Tu ne peux pas revenir maintenant et espérer obtenir des réponses à tout.

Ils restèrent un moment face à face en silence. Quand la bouilloire émit un sifflement, Faith sembla s'être ressaisie.

— Si tu veux m'aider, tu peux éplucher quelques pommes de terre. Elles sont là-bas, dans le garde-manger.

Elle s'activait machinalement, remarqua-t-il avec colère. Elle mit de l'huile à chauffer dans une poêle et en enduisit le poulet. Il connaissait bien son caractère. Il en avait déjà fait les frais auparavant, l'évitant parfois, l'affrontant tête baissée à d'autres moments. Il savait aussi comment faire retomber la pression. Il se mit à parler, presque pour lui-même, de certains des endroits où il était allé. Quand il lui raconta comment il avait trouvé à son réveil un serpent enroulé contre sa tête alors qu'il campait en Amérique du Sud, elle éclata de rire.

— Sur le moment, je n'ai pas trouvé ça très

drôle. Je suis sorti de la tente en cinq secondes chrono, nu comme un ver. Mon photographe a pris toute une pellicule de clichés fort intéressants. J'ai dû lui filer un billet de cinquante dollars en échange des négatifs.

— Je suis sûre qu'ils valaient davantage. Tu n'as pas mentionné le serpent dans ta série d'articles sur San Salvador.

— Non. (Intéressé, il posa son couteau économe.) Tu l'as lu ?

Elle disposa les morceaux de poulet dans l'huile chaude.

— Bien sûr. J'ai lu tous tes articles.

Il mit les pommes de terre dans l'évier pour les laver.

— Tous ?

Son intonation la fit sourire mais elle resta le dos tourné.

— Ne t'emballe pas, Jason. Ton ego t'a toujours joué des tours. J'estime à quatre-vingt-dix pour cent la proportion d'habitants de Quiet Valley à avoir lu tous tes articles. C'est comme si nous avions tous un peu participé à ta réussite. (Elle régla la flamme sous la poêle.) Après tout, tu es le seul du coin à avoir dîné à la Maison Blanche.

— La soupe était claire...

Pouffant de rire, elle mit une casserole d'eau sur le feu et y jeta les pommes de terre.

— Je suppose que dans certaines situations, il faut prendre les choses comme elles viennent — sans faire le difficile, si j'ose dire. J'ai vu une photo de toi il y a deux ans, poursuivit-elle d'une voix neutre en rajustant une épingle dans ses cheveux. Elle a été prise à New York, je crois. Tu avais une femme à moitié nue à ton bras.

Il se retourna vivement.

— Vraiment ?

— Enfin, elle n'était pas à moitié nue à proprement parler, temporisa Faith. Je suppose qu'elle en avait l'air parce qu'elle avait bien plus de cheveux que de robe. Blonde — très blonde si je me souviens bien. Avec, comment dire... une poitrine opulente.

Il se passa la langue sur les dents.

— On rencontre des tas de gens intéressants dans mon boulot.

— Apparemment.

Avec l'efficacité née de l'habitude, elle retourna le poulet. L'huile grésilla.

— Tu dois trouver ça très stimulant.

— Pas autant que cette conversation.

— Si ma cuisine ne te convient pas..., murmura-t-elle.

— C'est ça... Il commence à faire sombre. Clara ne devrait-elle pas être rentrée ?

— Elle est chez les voisins d'à côté. Elle sait qu'elle doit être à la maison avant 5 h 30.

Il alla néanmoins à la fenêtre et jeta un regard en direction de la maison voisine. Faith étudia son profil. Il était devenu plus affirmé, plus rude. Cela devait correspondre à l'évolution de son caractère : Jason avait dû s'endurcir, forcément. Que restait-il du garçon qu'elle avait follement aimé ? Peut-être que ni l'un ni l'autre n'aurait su le dire.

— J'ai beaucoup pensé à toi, Faith.

Même s'il lui tournait le dos, elle pouvait presque sentir ses mots courir sur sa peau.

— Mais surtout à cette époque de l'année. En général, j'arrive à te bannir de mes pensées quand j'ai du travail, des échéances à respecter, mais à Noël, tu ne me laisses aucun répit. Je me souviens de chaque Noël que nous avons passé ensemble, de la façon dont tu me traînais dans les magasins. Ces quelques années avec toi ont compensé toutes les fois où, gamin, je me suis réveillé seul face au vide.

Le cœur de Faith s'enfla d'une compassion familière.

— Ton père n'arrivait pas à affronter les fêtes de fin d'année, Jason. Il n'arrivait pas à s'en sortir sans ta mère, c'est tout.

— Je le comprends mieux maintenant… Maintenant que je t'ai perdue.

Il se retourna. Elle ne le regardait pas ; elle était penchée au-dessus de la cuisinière, l'air concentré.

— Toi aussi, tu passes tes Noëls seule ?

— Non, moi j'ai Clara.

Il alla vers elle et sentit qu'elle se contractait.

— Personne pour remplir le bas de Noël avec toi ou partager des secrets à propos des cadeaux disposés sous le sapin ?

— Je me débrouille. Pour être heureux, il faut accepter de faire des changements dans sa vie.

— Oui…, approuva-t-il en lui saisissant le menton entre le pouce et l'index. Je commence à le croire.

La porte s'ouvrit en grand. Trempée et hilare, Clara se tenait dégoulinante sur le paillasson.

— On a fait des anges dans la neige.

Faith haussa un sourcil.

— C'est ce que je vois. Bon, tu as un quart d'heure pour ôter tes vêtements mouillés et mettre la table.

Clara se dépêtra de son manteau.

— Je peux allumer le sapin ?

— Vas-y.

— Viens voir ! s'écria Clara en tendant la main à Jason. C'est le plus beau de toute la rue !

Assaillie d'émotions, Faith les regarda sortir ensemble.

5

A la fin du repas, Faith était toujours aussi bouleversée. Elle savait que sa fille était une enfant sociable, parfois même trop, mais Clara s'était attachée à Jason comme à un ancien ami perdu de vue. Elle bavardait avec lui comme avec une vieille connaissance.

Cela saute aux yeux, songea Faith en regardant Clara empiler les assiettes. Ni l'un ni l'autre ne paraissait s'en apercevoir. Que ferait-elle si cela arrivait ? Elle ne croyait pas au mensonge, et pourtant elle avait été forcée de vivre en plein dedans.

Ils s'installèrent avec les manuels scolaires de Clara sans véritablement prêter attention à elle.

Dans le style fluide et aisé qui lui était naturel, Jason commença à discourir sur l'Afrique : le désert, les montagnes, la jungle profonde et luxuriante qui fourmillait de vie et de dangers.

Leurs têtes se rejoignirent au-dessus d'une photo dans un livre de Clara et, en les regardant, Faith fut envahie par un sentiment de panique.

— Je vais à côté, annonça-t-elle impulsivement. J'ai beaucoup de travail en retard.

— Hon-hon...

Et sur ce, Jason ne s'intéressa plus à elle. Un rire monta dans sa gorge jusqu'à devenir douloureux. Saisissant son manteau, Faith prit la fuite.

Pour elle, les poupées étaient bien plus que de simples jouets. Certainement bien davantage qu'un simple commerce. Les poupées qui peuplaient sa boutique représentaient la jeunesse, l'innocence, la foi dans les miracles. Elle avait voulu ouvrir le magasin peu après la naissance de Clara, mais Tom s'y était opposé de façon catégorique. Comme elle se sentait redevable envers lui, elle avait laissé filer, comme pour tant d'autres choses. Ensuite, quand elle s'était retrouvée seule avec une enfant à nourrir, monter sa boutique lui avait paru tout naturel.

Elle y travaillait des heures et des heures pour tenter d'atténuer le vide que même l'amour qu'elle éprouvait pour sa fille n'arrivait pas à combler.

Dans son atelier à l'arrière de la boutique, il y avait des étagères recouvertes de pièces détachées et d'éléments disparates de poupées. Des têtes en porcelaine, des jambes et des torses en plastique. Dans une autre section se trouvaient les malades et les blessées. Des poupées au bras cassé ou au corps abîmé qu'on lui apportait à réparer. Même si la vente lui plaisait, elle éprouvait une immense joie créatrice à confectionner ses propres poupées ; rien ne la satisfaisait tant que de récupérer un jouet auquel tenait un enfant pour lui rendre son aspect originel. Elle alluma la lumière, la radio et se mit à l'ouvrage.

C'était un travail apaisant. Au fur et à mesure que le temps passait, sa nervosité s'atténua. A l'aide d'un crochet et d'élastiques, avec de la colle et un soin minutieux, elle ramenait le sourire aux poupées sans visage. Certaines se voyaient octroyer de nouveaux vêtements ou une nouvelle coupe de cheveux, tandis que d'autres ne nécessitaient qu'un fil et une aiguille maniés par une main experte.

Saisissant une poupée de chiffon en lambeaux, elle se mit à fredonner.

— Tu vas réparer ça ?

Surprise, elle manqua se piquer avec l'aiguille. Les mains dans les poches, Jason se tenait dans l'encadrement de la porte, à l'observer.

— Oui, c'est mon métier. Où est Clara ?

— Elle s'est pratiquement endormie sur son livre. Je l'ai mise au lit.

Faith fit mine de se lever.

— Oh, alors je…

— Elle dort, Faith, avec une espèce de boule de poils verte qu'elle appelle Bernardo.

Décidée à prendre les choses avec calme, Faith se rassit.

— Oui, c'est sa peluche préférée. Clara n'est pas très branchée poupées traditionnelles.

— Contrairement à sa mère ?

Intéressé, il se mit à déambuler dans l'atelier.

— Je croyais que lorsqu'un jouet était cassé ou usé, on s'en débarrassait.

— Trop souvent, hélas. J'ai toujours trouvé cette attitude révélatrice d'un manque de reconnaissance envers un objet qui nous a rendus heureux.

Jason saisit une tête en plastique souple, chauve et lisse, qui lui souriait.

— Tu as peut-être raison, mais je ne vois pas ce qu'on peut faire pour sauver de la poubelle le tas de chiffons que tu tiens à la main.

— Beaucoup de choses.

— Tu crois toujours aux miracles, Faith ?

Elle leva les yeux brièvement et, pour la première fois, elle lui adressa un sourire vraiment sincère, accompagné d'un regard chaleureux.

— Oui, bien sûr que j'y crois. Surtout en période de Noël.

Ce fut plus fort que lui : il tendit la main et lui effleura la joue.

— Je t'ai déjà dit que tu m'avais manqué. Mais je ne m'étais pas rendu compte à quel point.

Faith sentit la passion se réveiller en elle et un désir inassouvi s'emparer de tout son corps. Elle feignit l'indifférence et se concentra sur la poupée.

— C'est très gentil à toi d'avoir aidé Clara, Jason. Mais je ne veux pas te retenir.

— Ça t'ennuie qu'on te regarde travailler ?

— Non, affirma-t-elle en commençant à remplacer le bourrage de la poupée. Il arrive parfois qu'une maman inquiète reste ici pendant que je rafistole un patient.

Jason s'appuya d'une hanche contre le comptoir.

— En revenant ici je m'étais imaginé tout un tas de choses. Mais ça, jamais.

— Quoi ?

— Que je te regarderais redonner vie à un morceau de chiffon. Tu ne t'en es peut-être pas aperçue, mais cette chose n'a même pas de visage.

— Elle en aura un. Où en est l'exposé ?

— Clara n'a plus qu'à le mettre au propre.

Faith leva la tête de son ouvrage, les yeux agrandis d'étonnement.

— Clara ?

— Elle a eu la même réaction que toi.

Puis il sourit et s'appuya de nouveau sur le comptoir. Le parfum de Faith flottait dans la pièce. Le savait-elle ?

— C'est une gosse intelligente, Faith.

— Parfois même trop…

— Tu as de la chance.

— Je sais.

En quelques gestes sûrs et rapides, elle acheva le remplissage de la poupée et répartit correctement le bourrage.

— De toute façon les enfants doivent t'adorer, non ?

— Ne crois pas ça, le corrigea-t-elle en levant de nouveau la tête. Il faut gagner leur affection.

Munie d'un fil et d'une aiguille, elle entreprit de renforcer les coutures.

— Tu sais, Clara tenait à peine debout, mais elle a absolument tenu à ce qu'on s'arrête devant l'arbre de Noël pour compter les cadeaux. Elle a le pressentiment qu'il va y en avoir un de plus.

— J'ai bien peur qu'elle ne soit déçue. Sa liste ressemblait à un ordre de réquisition de l'armée. J'ai dû fixer des limites.

Reposant l'aiguillée, elle prit un pinceau.

— Mes parents la gâtent déjà bien assez comme ça.

— Mmm...

Faith avait déjà saisi la personnalité de la poupée tout en travaillant sur elle. A présent, elle commençait à la faire ressortir en quelques touches de pinceau.

— De temps en temps ils parlent vaguement de partir s'installer en Floride, mais je ne sais pas s'ils le feront jamais. C'est à cause de Clara. Ils en sont complètement fous. Tu pourrais aller les voir, Jason. Tu sais que ma mère t'a toujours beaucoup aimé.

Il examina une robe rouge et moulante qui tenait au creux de sa main.

— Mais pas ton père.

Sa remarque la fit sourire.

— Il ne te faisait pas confiance, c'est tout. (Elle lui décocha un petit sourire coquin.) Quel père aurait eu confiance en toi ?

— C'est vrai qu'il avait de bonnes raisons de se méfier de moi.

Il avança vers elle et vit la poupée qu'elle tenait à la main.

— Ça alors !

Charmé, il s'en empara et la tint sous la lumière. Ce qui n'était qu'un tas de loques s'était métamorphosé en une poupée rebondie à l'expression impertinente. Des cils démesurément longs partaient de ses grands yeux. Fixés par quelques points, ses cheveux bouclés avaient été rajustés de façon que quelques boucles espiègles lui retombent sur le front. Elle était douce, sympathique et jolie comme un cœur. Même un homme pouvait comprendre qu'une petite fille s'illumine de joie à la vue d'une telle poupée.

En le voyant sourire devant son ouvrage, Faith éprouva un ridicule sentiment de fierté devant le travail accompli.

— Elle te plaît ?

— Je suis impressionné. Combien demandes-tu pour ce genre de réalisation ?

— Celle-ci n'est pas à vendre, lui apprit Faith en la plaçant dans un grand carton au fond de la pièce. Au village il y a environ une douzaine de fillettes que leurs familles n'ont pas les moyens de gâter à Noël. Il y a aussi des petits garçons, bien sûr, mais avec Jake, le propriétaire du bazar, nous avons passé un accord il y a quelques années. Le soir de Noël, nous déposons un cadeau sur le pas de la porte. Les filles reçoivent une poupée, les garçons un camion, un ballon ou autre chose.

Evidemment, il aurait dû s'en douter. Cela ressemblait tant à Faith, c'était si conforme à sa nature.

— Le Père Noël existe donc bien.

Elle se tourna pour lui sourire.

— A Quiet Valley, oui.

C'est son sourire qui déclencha tout. Il était si chaleureux, si familier. Jason supprima la distance qui les séparait avant que l'un ou l'autre ait pu s'en rendre compte.

— Et toi ? Tes souhaits seront-ils exaucés à Noël ?

— J'ai tout ce qu'il me faut.

— Tout ?

Il lui prit le visage entre les mains.

— N'était-ce pas toi, la rêveuse ? Celle qui croyait que les vœux se réalisent toujours ?

— J'ai grandi. Jason, tu devrais t'en aller maintenant.

— Je ne te crois pas. Je ne crois pas que tu aies cessé de rêver, Faith. Le seul fait d'être avec toi me donne envie de tout recommencer.

— Jason…

Elle posa les mains sur sa poitrine, consciente qu'il lui fallait mettre un terme à ce qui ne pourrait jamais être fini entre eux.

— On ne peut pas toujours avoir ce qu'on

désire, tu le sais. Dans quelques jours tu vas repartir. Tu auras tout loisir de t'intéresser à un tas d'autres choses passionnantes aux quatre coins du monde.

— Qu'est-ce que ça vient faire ici, maintenant ? Il n'y a que le présent qui compte, Faith.

Il passa les mains dans ses cheveux, éparpillant les épingles. Son opulente chevelure brune croula entre ses doigts. Il avait toujours aimé le contact de ses cheveux, leur parfum…

— Tu es mon unique amour, murmura-t-il. Il n'y a jamais eu personne d'autre que toi.

Elle ferma les yeux avant qu'il puisse l'attirer à lui.

— Tu vas t'en aller. Et moi, je dois rester ici. J'ai déjà assisté à ton départ il y a dix ans. Je ne pense pas pouvoir supporter ça une fois de plus si je te laisse de nouveau entrer dans ma vie. Tu ne peux donc pas le comprendre ?

— Peut-être. Mais tout ce que je sais, c'est qu'aujourd'hui j'ai envie de toi comme jamais. Je ne suis pas sûr que tu puisses me garder à distance, Faith.

Mais il fit un pas en arrière, dans leur intérêt à tous les deux.

— Ou en tout cas, pas longtemps, reprit-il. Tu me l'as déjà dit : je n'ai pas droit à toutes les réponses. C'est peut-être vrai. Mais il m'en faut au moins une.

C'était un sursis, un moyen de temporiser un peu. Faith laissa échapper une longue exhalaison et hocha la tête.

— Très bien. Mais tu me promets de t'en aller si je réponds à ta question ?

— Je m'en irai. Tu étais amoureuse de lui ?

Elle ne pouvait pas mentir. Elle n'était pas comme cela. Alors elle le regarda droit dans les yeux, le menton fièrement levé.

— Je n'ai jamais aimé que toi.

Les yeux de Jason s'allumèrent — de triomphe, de rage. Il tendit la main vers elle, mais elle s'écarta.

— Tu as dit que tu t'en irais, Jason. Je t'ai fait confiance.

Elle l'avait piégé. Elle le mettait à la torture.

— C'est il y a dix ans que tu aurais dû me faire confiance.

Il sortit brusquement de l'atelier et s'engouffra dans la nuit glaciale.

6

Quiet Valley était en pleine effervescence de Noël. Des chants traditionnels s'échappaient d'un haut-parleur de fortune fixé sur le toit de la quincaillerie. Un jeune homme entreprenant d'une ferme du voisinage avait obtenu l'autorisation de proposer des promenades en boghei le long de Main Street. Les enfants, excités par l'absence d'école et le plaisir anticipé de Noël, filaient en criant à tous les coins de rue. Le ciel s'était couvert, mais la neige se faisait attendre.

Jason, assis au bar du petit restaurant, buvait tranquillement son café tout en prêtant l'oreille aux derniers racontars du coin : l'aîné des Hennessy avait attrapé la varicelle — il allait passer les vacances à se gratter ; chez Carlotta's, les arbres de Noël étaient vendus moitié prix et la quincaillerie faisait une promotion sur les vélos à dix vitesses.

Dix ans plus tôt, Jason aurait trouvé ce genre de conversation insipide. Mais aujourd'hui, il l'écoutait avec plaisir tout en savourant son café. C'est peut-être ce qui manquait au roman qu'il essayait d'écrire depuis si longtemps. Certes il avait fait le tour du monde, mais tout s'était déroulé à une allure effrénée. En certaines occasions, sa vie tout comme son reportage n'avaient tenu qu'à un fil. Sur le moment on ne pensait pas à ce genre de choses. C'était impossible. Mais maintenant, assis dans l'agréable chaleur de la gargote parmi les odeurs de café et de bacon en train de frire, il avait enfin l'occasion de se pencher sur son passé.

Il avait accepté des missions de reportage, parfois très périlleuses, parce qu'il se fichait de tout. Il avait déjà perdu la partie de lui-même qui comptait le plus à ses yeux. C'est vrai qu'au fil des années, il s'était reconstruit une existence, péniblement, pierre après pierre, mais jamais il n'avait retrouvé son équilibre — parce qu'il l'avait laissé ici, dans le village de son enfance. Et maintenant qu'il l'avait compris, que faire ?

— On sert vraiment n'importe qui, ici !

Jason leva un regard absent vers l'homme qui s'était exprimé et il s'illumina.

— Paul ! Paul Tydings.

Deux énormes mains saisirent la sienne.

— Bon sang, Jas, tu n'as pas changé ! Toujours aussi maigre mais toujours aussi beau !

Jason contempla longuement son plus vieil ami. Sous une tignasse de cheveux bouclés, son visage plein et rougeaud était barré d'une moustache broussailleuse. Dans le temps, sa carrure de taureau lui avait assuré la place de botteur sur la ligne d'attaque. Mais avec les années, Paul s'était alourdi et affichait désormais une corpulence imposante, pour qualifier la chose avec élégance.

— Mais tu peux en dire autant, tu sais, estima Jason.

Dans un rugissement de rire, Paul lui asséna une claque dans le dos.

— Je n'aurais jamais cru te revoir par ici.

— Moi non plus. Je pensais que tu vivais à Boston.

— C'était avant. J'ai gagné de l'argent et je me suis marié.

— Sans blague ? Depuis quand ?

— Ça fera sept ans au printemps. J'ai cinq gosses.

Jason s'étrangla avec son café.

— Cinq ?

— Trois plus des jumeaux. Il y a six ans, je suis venu en visite ici avec ma femme et elle a eu le coup de foudre pour le coin. On tenait une bijouterie à Manchester, alors j'en ai ouvert une ici aussi. Je crois que je te dois des remerciements pour bien des choses.

— A moi ? Pourquoi ?

— Tu m'as toujours bourré le crâne avec tes idées. Et puis tu es parti. Ça m'a fait penser que moi aussi je devrais essayer de voir du pays. Et puis un an plus tard environ, alors que je travaillais dans une bijouterie de Boston, voilà que je vois entrer le plus beau brin de fille que j'aie jamais vu. J'étais tellement troublé que j'ai oublié d'imprimer le reçu de sa carte de crédit. Elle est revenue le lendemain avec le reçu vierge, et grâce à elle j'ai réussi à sauver ma place. Ensuite elle m'a carrément sauvé la vie en m'épousant. Je ne l'aurais jamais rencontrée si tu ne m'avais pas autant parlé de tout ce qu'il y a à voir dans le monde.

On servit son café à Paul qui remercia d'un hochement de tête.

— Je suppose que tu es allé rendre visite à Faith ?

— Oui, je l'ai vue, bien sûr.

— Je la fais beaucoup travailler : trois de mes gosses sont des filles et ce sont toutes des chipies.

Il sourit et ajouta deux dosettes de sucre à son café.

— Faith est aussi jolie qu'à seize ans quand elle dansait au bal, dans la salle de la mairie. Tu vas régulariser cette fois, Jason ?

Avec un petit rire, Jason repoussa son café en train de refroidir.

— Peut-être.

— Viens à la maison pour que je te présente ma famille, d'accord ? C'est juste au sud du village, une maison en pierre à un étage.

— Je l'ai vue en arrivant.

— Alors, ne repars pas sans y être entré. Rares sont les amis avec qui on peut évoquer ses souvenirs d'enfance, Jason. Tu sais... (Il jeta un coup d'œil à sa montre.) Ah, je crois que c'est à peu près l'heure à laquelle Faith fait sa pause-déjeuner. Je dois y aller.

Paul asséna une dernière claque dans le dos de son ami et le laissa seul au bar.

L'air songeur, Jason prit une gorgée de café. Il était parti dix ans, ce qui était généralement considéré comme un bon bout de temps, et pourtant, toutes les personnes qu'il croisait se comportaient comme s'il était encore avec Faith. C'était donc si facile de gommer une décennie ? « Facile pour tout le monde, sauf pour Faith et moi », songea-t-il. Balayer les années et le temps perdu peut-être, mais comment ignorer le mariage de Faith, et sa fille ?

Il la désirait toujours. Voilà une chose qui n'avait pas changé. Il en souffrait toujours. Cette douleur-là ne s'était pas estompée. Mais Faith, qu'éprouvait-elle ? La nuit précédente, elle lui avait avoué qu'elle n'avait jamais aimé d'autre homme que lui. Cela signifiait-il qu'elle l'aimait encore ? Jason laissa un billet sur le comptoir et se leva. Il n'y avait qu'un seul moyen de le savoir. Il allait lui poser la question.

La Maison de Poupée grouillait d'enfants. D'enfants bruyants. Lorsque Jason entra dans la boutique, les murs vibraient de cris et de rires. Des ballons d'hélium se massaient au plafond et le sol était jonché de miettes de cookies. Sur le seuil de la porte qui menait à l'atelier se dressait un grand château en carton. Devant un rideau d'un blanc brillant s'agitaient deux marionnettes : un Père Noël et un lutin en costume vert. Avec moult palabres et efforts exagérés, ils étaient en train de charger un traîneau scintillant d'or avec des paquets colorés. A deux reprises, le lutin tomba face contre terre en soulevant un cadeau, ce qui provoqua des éclats de rire chez les enfants. Après beaucoup de tribulations, tous les paquets furent enfin chargés. Lançant un tonitruant « Ho-ho-ho ! », le Père Noël grimpa sur le traîneau qui, dans un tintement de clochettes, disparut cahin-caha de l'autre côté du rideau.

Précédée par les applaudissements, une troupe de marionnettes traversa la scène pour aller saluer le public. Jason vit la Mère Noël, deux lutins et, reconnaissable entre tous, le petit renne au nez rouge, avant que le Père Noël n'attire toute l'attention du public en lançant gaiement « Joyeux Noël ! ». Sans en avoir conscience, Jason s'était adossé contre la porte et admirait le spectacle, hilare, quand Faith émergea de derrière le château pour aller elle aussi saluer.

C'est alors qu'elle l'aperçut. Se sentant ridicule, elle salua une dernière fois alors que les enfants commençaient à vouloir escalader le château. Avec l'aisance d'une enseignante de maternelle expérimentée, elle les orienta vers les boissons fraîches et les biscuits.

— Très impressionnant, lui murmura Jason à l'oreille. Je regrette d'avoir manqué la plus grande partie du spectacle.

— Ce n'est pas grand-chose, affirma-t-elle en se passant les mains dans les cheveux. Je fais ça depuis des années maintenant, sans y apporter beaucoup de variations. Ce n'est pas très important, estima-t-elle après avoir jeté un coup d'œil en direction des enfants.

— Au contraire. (Il lui prit la main et la porta à ses lèvres tandis qu'un groupe de petites filles se mettait à pouffer de rire.) C'est très important pour eux.

— Madame Monroe ?

Un petit garçon aux cheveux carotte et au visage parsemé de taches de rousseur tirait sur sa jambe de pantalon.

— Quand est-ce qu'il va passer, Papa Noël ?

Faith s'accroupit et lui lissa les cheveux en arrière.

— Tu sais, Bobby, j'ai entendu dire qu'il était terriblement occupé cette année.

Le petit garçon avança la lèvre inférieure en une moue de dépit.

— Mais il passe toujours !

— Eh bien, je suis sûre qu'il trouvera un moyen d'apporter les cadeaux jusqu'ici. Dans une minute j'irai voir ce qui se passe à l'arrière de la boutique.

— Mais je dois lui parler !

La moue de l'enfant faillit avoir raison d'elle.

— S'il ne peut pas venir, tu peux toujours me donner une lettre pour lui. Je veillerai à ce qu'elle lui parvienne.

— Un problème ? murmura Jason lorsqu'elle se fut redressée.

— Jake fait toujours le Père Noël après le spectacle de marionnettes. Nous distribuons quelques bricoles, trois fois rien en réalité, mais les enfants y tiennent énormément.

— Jake ne peut pas le faire cette année ?

— Un des fils Hennessy lui a passé la varicelle.

— Je vois.

Il y avait des années qu'il n'avait pas fêté Noël, depuis… depuis qu'il avait quitté Faith.

— Je peux m'en charger, s'entendit-il déclarer à sa grande surprise.

— Toi ?

Quelque chose dans l'expression du visage de Faith le décida à être le meilleur saint Nicolas depuis l'original.

— Mais oui, moi. Où est le déguisement ?

— Dans la petite pièce du fond, mais…

— J'espère que tu n'as pas oublié les oreillers, lâcha-t-il avant de s'éloigner d'un pas nonchalant.

Il va se dégonfler, songea Faith. En fait, il n'était pas parti depuis cinq minutes qu'elle était persuadée que Jason avait déjà changé d'avis et s'était esquivé par la porte de derrière. Personne, pas même le groupe d'enfants qui s'empiffraient de cookies, ne fut plus enchanté qu'elle lorsque le Père Noël fit son entrée par la porte, un grand sac jeté sur l'épaule.

Il eut juste le temps de lancer un tonitruant « Joyeux Noël ! » avant d'être assailli de toutes parts. Pétrifiée d'étonnement, elle regarda les enfants gesticuler, bondir de joie et s'accrocher à son déguisement rouge.

— Papa Noël aimerait bien s'asseoir.

Jason fixa Faith d'un regard d'une telle intensité qu'elle en fut troublée jusqu'au plus profond d'elle-même. Elle mit quelques secondes avant de se ressaisir. Elle fila dans l'arrière-boutique et en rapporta une chaise à haut dossier qu'elle installa au milieu de la boutique.

— Maintenant, mettez-vous tous à la queue leu leu, ordonna-t-elle en rassemblant les enfants. Chacun à son tour.

Elle s'empara d'une boîte de cannes en sucre d'orge et les disposa sur la table, près de la chaise. Un par un, les enfants grimpèrent sur les genoux de Jason. Faith comprit très vite qu'elle n'aurait jamais dû douter de Jason. Elle avait entraîné Jake à répondre aux enfants de façon adéquate et, surtout, à ne rien promettre pour ne pas risquer qu'ils soient déçus. Après que le troisième enfant fut redescendu des genoux du Père Noël, Faith se détendit. Jason jouait le rôle à merveille.

En outre il s'amusait comme un fou. Il avait fait cela juste pour donner un coup de main à Faith, peut-être même pour l'impressionner, mais il en retirait bien plus de satisfaction qu'escompté. Jamais un enfant sur ses genoux ne l'avait contemplé avec dans le regard une confiance et un amour aussi aveugles. Il écouta leurs souhaits, leurs confessions et leurs doléances. Chacun eut la permission de plonger la main dans le sac qu'il portait sur l'épaule et d'en sortir un cadeau.

Tous l'étreignirent, lui plaquèrent des baisers poisseux sur les joues et s'acharnèrent à malmener son déguisement. Un petit garçon entreprenant tira un grand coup sur sa barbe postiche avant que Jason ne réussisse à détourner son attention. Les enfants quittèrent la boutique, heureux, en compagnie de leurs parents ou en groupe.

— Tu as été fantastique !

Quand le dernier enfant fut sorti, Faith

retourna le panonceau « Fermé » sur la vitrine pour se ménager une pause, le temps de reprendre son souffle.

— Tu veux venir sur mes genoux ?

En riant, elle alla vers lui.

— Je suis sincère, Jason, tu as vraiment été génial. Je n'ai pas de mot pour exprimer la joie que tu m'as procurée.

— Alors montre-la-moi.

Il l'attira sur ses genoux et elle s'enfonça dans les oreillers qui rembourraient son déguisement. Elle rit de nouveau et l'embrassa sur le nez.

— J'ai toujours craqué pour les hommes en costume rouge. Si seulement Clara avait pu être là...

— Pourquoi n'a-t-elle pas assisté au spectacle ?

Avec un petit soupir, Faith s'autorisa à se laisser aller contre lui.

— Elle est trop âgée désormais pour tout ça — du moins c'est ce qu'elle prétend. Elle est allée faire les magasins avec Marcie.

— Trop âgée à neuf ans ?

Faith resta silencieuse un moment, puis haussa les épaules.

— Les enfants grandissent vite.

Elle tourna la tête vers lui.

— Tu as fait beaucoup d'heureux aujourd'hui.

— C'est toi que j'aimerais rendre heureuse, lui confia-t-il en lui caressant les cheveux. A une époque, j'y arrivais.

— N'as-tu jamais rêvé de pouvoir revenir en arrière ? demanda-t-elle en se blottissant dans ses bras, satisfaite. Quand nous étions adolescents, tout paraissait si simple. Et puis, on ferme les yeux une minute et quand on les rouvre, on est devenu adulte. Oh, Jason… Je voulais que tu m'emmènes au loin, vers un château, au sommet d'une montagne… J'étais tellement romantique !

Ils étaient seuls dans la boutique, entourés de poupées et de l'écho du rire des enfants. Il lui caressait toujours les cheveux.

— Et moi, pas assez, n'est-ce pas ?

— Tu avais les pieds sur terre, et moi la tête dans les nuages.

— Et maintenant ?

— Maintenant, j'ai une fille à élever. C'est parfois terrifiant d'avoir conscience que l'on est responsable d'une autre vie que la sienne. Est-ce que tu..., hésita-t-elle, se sachant en terrain glissant. Est-ce que tu as déjà songé à avoir des enfants ?

— Non, jamais. Dans mon travail, je dois me rendre dans des endroits où être responsable de sa propre vie est déjà bien assez difficile.

Elle s'était déjà fait cette réflexion à propos de lui — et cela lui avait causé bien des cauchemars...

— Mais ça t'excite toujours.

Il repensa à certaines choses qu'il avait vues, à la cruauté, au malheur...

— Ça ne m'excite plus depuis longtemps. Mais je suis bon dans mon travail.

— Je crois que je l'ai toujours su. Jason... (Elle se tourna de nouveau pour plonger son regard dans le sien.) Je suis contente que tu sois revenu.

Lorsqu'elle appuya sa joue contre la sienne, les mains de Jason l'étreignirent plus fort.

— Et il a fallu que tu attendes que je sois rembourré comme un éléphant de mer pour me dire ça !

Dans un rire, elle lui noua les bras autour du cou.

— J'ai l'impression que justement, pour une fois, je peux le faire en toute sécurité.

— Si j'étais toi, je ne parierais pas trop là-dessus !

Il pressa ses lèvres contre les siennes et les sentit frémir.

— Qu'y a-t-il de si drôle ?

Réprimant son envie de rire, elle s'écarta de lui.

— Oh, rien, rien du tout... J'ai toujours rêvé d'être embrassée par un barbu coiffé d'un bonnet rouge à clochettes. Il faut que j'aille ranger tout ce bazar dans la boutique.

Elle descendit de ses genoux et il tenta tant bien que mal de se lever de sa chaise.

— Les meilleures choses ont une fin...

Faith ne répondit pas et rassembla les lambeaux de papier coloré. Jason ramassa son sac et glissa un œil à l'intérieur.

— Il reste un paquet là-dedans.

— C'est pour Luke Hennessy. La varicelle.

Il regarda le cadeau, puis reporta son regard sur Faith. Ses cheveux lui voilaient le visage alors qu'elle s'employait à décoller une canne en sucre d'orge de la moquette.

— Où habite-t-il ?

Elle se redressa, la friandise à la main. A certains, il aurait pu sembler ridicule avec son torse rembourré, emmitouflé de tissu rouge et le visage à moitié dissimulé par les boucles de sa barbe blanche. Il ne lui avait jamais paru aussi merveilleux. Elle alla vers lui et lui tira la barbe sur le menton. Elle l'entoura de ses bras et sa bouche trouva la sienne.

Elle embrassait toujours avec la même générosité, songea-t-il, son baiser était empreint d'espérance et de bonté simple. Le désir lui incendia les veines et l'installa dans une douce satisfaction.

— Merci, dit-elle.

Elle l'embrassa de nouveau, un baiser amical cette fois.

— Il habite à l'angle d'Elm et de Sweetbriar.

Jason attendit quelques instants, le temps de reprendre ses esprits.

— Je pourrai avoir une tasse de café à mon retour ?

— Bien sûr, acquiesça-t-elle en lui rajustant sa barbe. Je serai à côté.

7

La traversée du village avait été un grand moment, il fallait bien le reconnaître. Une ribambelle de gamins s'était attachée à ses pas. Les adultes l'avaient apostrophé en agitant la main. On lui avait offert un nombre incalculable de cookies. Mais c'est le regard du jeune Hennessy, très impressionné, qui lui avait causé le plus de satisfaction. Cela avait surpassé la stupeur de sa mère quand elle avait ouvert la porte au Père Noël.

Jason prit son temps pour rentrer, flânant sur la place. Etrange, de voir à quel point l'habit pouvait faire le moine… Il se sentait… comment dire, débordant de bienveillance. Si l'un de ses collègues avait pu le voir maintenant, il serait tombé raide dans la neige. Jason Law avait la réputation d'être un homme impatient, d'une franchise brutale et d'un tempérament emporté. Ce n'était pas sa bienveillance qui lui avait permis de décrocher le Pulitzer. Et pourtant, d'une certaine manière, à cet instant précis, sa barbe en polyester et ses clochettes à trois sous lui procuraient davantage de plaisir que toutes les récompenses qu'il avait reçues au cours de sa carrière.

Il rebroussait chemin en lançant des *ho-ho-ho !* à tout bout de champ lorsque Clara sortit du bazar. Elle et la petite brune qui l'accompagnait partirent d'un fou rire.

— Mais c'est…

Un regard menaçant de Jason suffit à la faire taire. S'interrompant aussitôt, Clara se racla la gorge et lui tendit la main.

— Comment ça va, Père Noël ?

— Fort bien, Clara.

— Ce n'est pas Jake, souffla Marcie à Clara.

Elle s'approcha pour tenter de reconnaître

le visage qui se cachait derrière les boucles blanches.

Très amusé, Jason lui décocha un clin d'œil.

— Salut, Marcie !

La brunette ouvrit de grands yeux.

— Comment il peut savoir mon nom ? chuchota-t-elle à l'oreille de son amie.

Clara étouffa son rire derrière sa main.

— Le Père Noël sait tout, pas vrai, Père Noël ?

— J'ai mes sources…

— Le Père Noël n'existe pas.

Mais l'attitude adulte qu'affectait Marcie était en train de s'effriter.

Jason se pencha pour donner une pichenette au pompon de son bonnet.

— A Quiet Valley si, affirma-t-il, et en le disant il faillit y croire lui-même.

Il remarqua que Marcie avait cessé de vouloir voir derrière la barbe et qu'elle acceptait la magie de Noël. Estimant préférable de ne pas trop tenter le diable, il poursuivit son chemin le long de la rue.

Pour un gros bonhomme en costume rouge,

s'introduire discrètement chez quelqu'un n'est pas chose simple, mais Jason avait de l'expérience. Une fois dans l'arrière-boutique de Faith, il ôta son déguisement de Père Noël. Il avait envie de recommencer. Tout en se glissant dans son pantalon étroit, il prit conscience que cela faisait des années qu'il ne s'était pas autant amusé. Cela venait en partie de l'éclat dans le regard de Faith, de la façon dont elle s'était adoucie avec lui, même brièvement. A cause aussi du simple fait de procurer du bonheur aux autres. Depuis quand n'avait-il pas agi de façon désintéressée ? En reportage, il fallait toujours marchander. Tu me donnes ceci et en échange je te donne cela. Il s'était blindé contre la compassion, la pitié, afin de découvrir la vérité et d'en rendre compte. Si son style était sans concession, c'est qu'il avait toujours choisi des sujets qui l'exigeaient. Cela l'avait aidé à oublier. Mais aujourd'hui qu'il était revenu chez lui, les souvenirs s'imposaient à lui, impossible d'y échapper.

Quel genre d'homme était-il vraiment ? Il n'en

était plus très sûr, mais il savait qu'il existait une femme capable de le rendre heureux ou bien de lui briser le cœur. Rangeant le déguisement dans le placard, il alla la trouver.

Elle l'attendait. Elle était prête à admettre qu'elle l'attendait depuis dix ans. Pendant tout le reste de l'après-midi, Faith avait réfléchi à sa décision. Elle avait réussi sa vie. Même si sa quête du bonheur n'avait pas toujours été facile, elle en avait retiré de la satisfaction. La confiance était venue au fil des années et elle savait qu'elle pouvait continuer son chemin seule. Il était temps d'arrêter d'avoir peur de ce que serait sa vie une fois Jason parti, et d'accepter le cadeau que lui offrait le destin. Jason se trouvait à Quiet Valley, ici et maintenant, et elle était amoureuse de lui.

Lorsqu'il entra dans la maison, il la découvrit pelotonnée dans un fauteuil, près de l'arbre, la joue posée sur le bras. Elle attendit qu'il s'avance vers elle.

— Quelquefois, la nuit, je reste assise ici. Clara dort en haut et la maison est plongée dans le silence. Je peux penser à des petits détails ou à des choses très importantes, exactement comme quand j'étais petite. Les lumières des guirlandes se fondent entre elles et l'arbre sent divinement bon. On peut voyager où on veut dans un fauteuil.

Il la fit se lever et la sentit succomber ; il s'installa dans le fauteuil et la prit sur ses genoux.

— Je me rappelle être resté assis comme ça avec toi à Noël, chez tes parents. Ton père ronchonnait.

Elle se blottit tout contre lui. Sans les oreillers, il n'y avait plus que son corps svelte qu'elle connaissait si bien.

— Ma mère l'entraînait dans la cuisine pour que nous puissions rester seuls un moment. Elle savait que tu n'avais pas d'arbre de Noël chez toi.

— Ni arbre ni rien.

— Je ne t'ai pas demandé où tu vivais à

présent, Jason, si tu avais trouvé un endroit où tu étais heureux ?

— Je bouge beaucoup. J'ai un point de chute à New York.

— Un point de chute ?

— Un appartement.

— A t'entendre, ça ne ressemble guère à un foyer, murmura-t-elle. Est-ce que tu décores un arbre à la fenêtre pour Noël ?

— Ça m'est arrivé une fois ou deux, je crois, quand j'étais là.

Faith en éprouva une peine immense, mais elle ne dit rien.

— Ma mère a toujours prétendu que tu avais la bougeotte. Il y a des gens qui ont ça en eux.

— J'avais quelque chose à prouver, Faith.

— A qui ?

— A moi-même.

Il appuya sa joue sur le sommet de son crâne.

— Et à toi, bon sang !

Elle inspira l'odeur du sapin ; les lumières dansaient sur l'arbre. Il leur était déjà arrivé de rester assis comme ça, il y avait bien longtemps. Ses souvenirs en étaient presque aussi tendres que la réalité présente.

— Je n'ai jamais eu besoin que tu me prouves quoi que soit, Jason.

— C'était peut-être une des raisons pour lesquelles il fallait que je le fasse. Tu étais trop bien pour moi.

— C'est absurde !

Elle voulut se dégager pour protester mais il la tenait serrée.

— Si, et ça n'a pas changé.

Lui aussi considéra l'arbre de Noël. La guirlande scintillait de lumières, comme une vision féerique de la vie qu'il aurait tant voulu offrir à Faith.

— C'est peut-être ce qui m'a poussé à partir au moment où je l'ai fait — et peut-être est-ce aussi pour ça que je suis revenu. Tu es pétrie de bonté, Faith. Le seul fait d'être avec toi fait ressortir ce qu'il y a de meilleur en moi. Et Dieu sait pourtant qu'il n'y a pas grand-chose à sauver !

— Tu as toujours été trop dur envers toi-même. Je n'aime pas ça.

Cette fois elle parvint à se dégager de son étreinte; elle posa les mains sur ses épaules et plongea son regard dans le sien.

— Si je suis tombée amoureuse de toi, ce n'est pas par hasard. Tu étais gentil même si tu prétendais le contraire. Tu voulais te faire passer pour un dur et un provocateur parce que ça te rassurait.

Jason sourit et d'un doigt lui effleura la joue.

— J'étais bel et bien un provocateur.

— Alors peut-être que j'aimais ça. Tu n'acceptais pas les évidences, tu ne craignais pas de les remettre en question.

— J'ai failli me faire renvoyer deux fois du lycée à cause de cette attitude.

Son ancienne colère resurgit en lui. Faith était-elle donc la seule personne à l'avoir jamais compris ? Personne d'autre qu'elle n'avait donc été capable de comprendre ses aspirations et ses tourments les plus intimes ?

— Tu les surpassais tous en intelligence. Et tu l'as prouvé, si besoin en était.

— Tu as souvent dû prendre ma défense, n'est-ce pas ?

— Je croyais en toi. Je t'aimais.

Jason caressa son visage d'un geste familier qui la fit fondre.

— Et aujourd'hui ?

Elle avait trop à dire et pas assez de moyens pour l'exprimer.

— Tu te souviens de cette nuit de juin, après le bal de fin d'année ? Nous sommes partis en voiture. C'était pleine lune et l'air embaumait la douceur de l'été.

— Tu portais une robe bleue qui faisait ressortir tes yeux comme des saphirs. Tu étais si belle que je n'osais pas te toucher.

— J'ai donc fait ta conquête…

Elle avait l'air si contente d'elle-même qu'il rit.

— Absolument pas !

— Oh, que si ! Sinon tu n'aurais jamais fait l'amour avec moi. (Elle lui effleura les lèvres de sa bouche.) Dois-je de nouveau te séduire ?

— Faith…

— Clara dîne à côté, chez Marcie. Elle va y passer la nuit. Viens au lit avec moi, Jason.

Le calme de sa voix incendia ses sens. Le contact de sa main sur sa joue lui fit l'effet d'une brûlure au fer rouge. Pourtant, mêlé au désir qu'il éprouvait pour elle, s'attardait un amour adolescent qui n'avait jamais mûri.

— Tu sais bien que j'ai envie de toi, Faith, mais nous ne sommes plus des enfants.

— Non, nous ne sommes plus des enfants, acquiesça-t-elle en appuyant ses lèvres au creux de sa main. Et j'ai envie de toi. Pas de promesses, pas de questions. Aime-moi comme lors de cette merveilleuse nuit que nous avons passée ensemble.

Elle se leva et lui tendit la main.

— Je veux un souvenir pour les dix prochaines années.

Main dans la main, ils montèrent l'escalier. Il refusa de penser à l'autre homme que Faith avait choisi, à la vie qu'elle s'était construite. Lui aussi allait chasser de son esprit ces dix années gâchées et saisir l'occasion qui lui était offerte.

L'hiver, la nuit tombe de bonne heure — la lumière était chiche. En silence, elle alluma des bougies qui éclairèrent la chambre d'une lueur dorée et la peuplèrent d'ombres mouvantes. Elle se tourna vers lui, un sourire aux lèvres, avec au fond des yeux toute la confiance et l'expérience d'une femme. Sans un mot, elle vint vers lui et leva la tête pour lui offrir sa bouche et tout le reste.

D'une main sûre, elle défit les boutons de sa chemise. Les doigts de Jason tremblèrent lorsqu'il parvint aux boutons de son corsage. Lui murmurant des mots tendres, elle attendit que ses mains effleurent sa peau, puis soupira de pur plaisir. Ils se dévêtirent chacun avec lenteur, sans aucune gêne, mais avec la tranquille certitude de devoir savourer chaque moment, chaque seconde de leurs retrouvailles.

Quand il la découvrit aussi mince, adorable et inexplicablement innocente que la première fois, il fut submergé par un tourbillon de désirs, de doutes et d'envies. Mais elle fit un pas vers lui, colla son corps au sien et fit voler en éclats ses dernières hésitations. Elle était plus forte qu'avant. Pas physiquement, mais psychologiquement. Peut-être Faith avait-elle changé, mais le désir qui l'embrasait était identique à celui que, tout jeune homme, il avait autrefois éprouvé pour elle. Avec l'insouciance des enfants qu'ils avaient été jadis, ils se laissèrent tomber sur le lit.

Ils ne revécurent pas leur expérience passée. Leur amour était aussi neuf et aussi follement excitant que la première fois. Mais ils étaient devenus un homme et une femme à présent, plus exigeants, plus avides. Faith l'attira contre elle et le caressa avec une impatience toute nouvelle, laissant libre cours à un bouillonnement longtemps refréné. Elle avait tant attendu ce moment, depuis une éternité, qu'elle ne pouvait patienter un instant de plus.

Mais Jason lui prit la main et la porta à ses lèvres. Il apaisa sa fougue en la bâillonnant d'un baiser.

— Je ne savais pas trop comment m'y prendre la première fois.

Il l'embrassa dans le cou jusqu'à ce qu'elle se mette à gémir, enflammée par la perspective du plaisir qu'il allait lui donner.

— Mais maintenant, j'ai de l'expérience.

Et il l'emporta vers des cieux jusqu'ici inconnus d'elle. Plus haut, toujours plus haut, pour la plonger ensuite dans les profondeurs d'un air lourd et sombre. Prise dans un tourbillon, elle se cramponna à lui. Elle aurait voulu lui donner de l'amour, mais elle était sans forces dans ses bras. Les mains de Jason, tendres, douces, sûres, la caressèrent jusqu'à ce que son corps frémisse. Il but ses soupirs avec une ardeur brutale, impérieuse et sans pitié, avant d'apaiser de nouveau ses sens, patiemment. Le plaisir monta en elle, anéantissant toute pensée, toute raison et même tout souvenir.

Lorsqu'ils atteignirent l'extase ensemble, ils partagèrent un bonheur infini. Le temps ne poursuivit pas son cours mais les retint enlacés dans la parenthèse du présent.

Jason la garda serrée très fort contre lui et tous deux goûtèrent la plénitude du moment. Les yeux fermés, Faith savoura leur unité. Elle était amoureuse, et pour l'instant, rien d'autre n'existait. Mais la félicité de Jason était tourmentée de questions. Faith était si ardente, si généreuse dans ses émotions. Elle l'aimait. Il n'avait pas besoin de mots pour s'en rendre compte, elle et lui s'étaient toujours compris de façon implicite. Mais la loyauté qui, pour lui, représentait l'essence même de Faith, cette loyauté-là avait été rompue. Comment pouvait-il trouver le repos sans savoir pourquoi ?

— J'ai besoin de comprendre comment nous avons pu gâcher dix ans, Faith.

Comme elle restait silencieuse, il l'obligea à tourner la tête vers lui. A la lueur vacillante des bougies, les yeux de Faith brillèrent sans toutefois que les larmes s'en échappent.

— J'ai besoin de savoir, aujourd'hui plus que jamais.

— Ne me pose pas de questions, Jason. Pas ce soir.

— J'ai attendu suffisamment longtemps. Nous avons attendu suffisamment longtemps.

Elle inspira profondément et s'assit dans le lit. Elle ramena ses genoux à la poitrine et les enserra de ses bras. Sa chevelure cascadait le long de son dos. Incapable de résister, il saisit une poignée de ses cheveux à pleine main. Elle avait été sienne, jadis, corps et âme. Il avait été le premier. Bien sûr, il lui fallait admettre qu'elle s'était mariée avec un autre homme et qu'elle avait eu un enfant de lui, mais avant tout, pourquoi s'était-elle tournée vers quelqu'un d'autre si peu de temps après son départ ?

— Donne-moi une explication, Faith. N'importe quoi.

— Nous nous aimions, Jason, mais nous avions des buts différents. (Elle se tourna vers lui.) Et c'est encore vrai aujourd'hui.

Elle lui prit la main et l'appuya contre sa joue.

— Si tu me l'avais permis, je t'aurais suivi jusqu'au bout du monde. J'aurais quitté ma maison, ma famille sans un seul regret. Mais tu avais besoin de partir seul.

— Je n'avais rien à t'offrir…, commença-t-il.

Elle l'arrêta d'un regard.

— Tu ne m'as pas laissé le choix.

Il tendit la main pour l'effleurer.

— Et si je te le donnais aujourd'hui ?

Elle ferma les yeux et laissa son front reposer contre le sien.

— Aujourd'hui j'ai une fille, et je ne peux pas lui ôter son foyer. Mes désirs sont secondaires.

Elle s'écarta de lui pour le dévisager.

— Et les tiens aussi. Il y a dix ans, je n'aurais jamais cru que tu t'en irais pour de bon. Mais cette fois, je sais que tu repartiras. Alors, profitons simplement de l'instant présent, offrons-nous ce Noël. S'il te plaît.

Elle referma la bouche sur la sienne, coupant court à toute autre question.

8

Le soir de Noël est un moment magique. Faith en avait toujours été persuadée. Lorsqu'elle s'éveilla auprès de Jason, elle éprouva bien autre chose qu'une sensation de miracle. Elle resta un moment allongée près de lui, à le regarder dormir. Elle s'était déjà imaginé cette scène étant enfant, puis femme, mais aujourd'hui, elle n'avait pas besoin de recourir à l'artifice du rêve. Jason était là, contre elle, son corps chaud et paisible, alors que dehors une neige matinale blanchissait le petit jour. Prenant garde à ne pas le réveiller, Faith se glissa hors du lit.

Lorsque Jason roula sur le côté, il perçut son odeur : cette senteur de printemps que ses cheveux avaient laissé sur la taie d'oreiller. Il resta allongé quelques minutes et laissa ce parfum s'immiscer dans tout son être. Comblé, il se retourna et considéra la chambre qu'il n'avait pas pu voir dans l'obscurité.

Un papier peint ivoire, parsemé de brins de violette recouvrait les murs. Les fenêtres s'ornaient de rideaux bonne femme à volants. Un vieux secrétaire de bois de rose disparaissait sous des boîtes et des flacons colorés. Sur une coiffeuse s'alignaient une brosse et un peigne à manche argenté, de style ancien. Il regarda la neige tomber et huma le pot-pourri placé sur la table de nuit. Cette chambre était vraiment à l'image de Faith : charmante, fraîche et très féminine. Un homme pouvait s'y détendre même en sachant qu'il risquait de trouver une paire de bas jetée sur le dossier d'une chaise ou un corsage mélangé à ses chemises. Ici il pouvait se relaxer. Et il n'allait pas laisser Faith lui échapper une seconde fois.

A mi-escalier, l'odeur du café parvint à ses narines. Faith avait mis des chants de Noël sur la chaîne hi-fi et le bacon était en train de frire. Il ignorait que le seul fait d'entrer dans une cuisine et d'y trouver sa femme en train de préparer le petit déjeuner pouvait procurer autant de bonheur.

— Ah, tu es levé !

Elle était drapée dans un peignoir en flanelle de couleur vive. Il sentit le désir lui contracter le ventre.

— Le café est prêt.

— C'est merveilleux, dit-il en allant vers elle. J'ai senti l'odeur en me réveillant.

Elle posa la tête sur son épaule en s'efforçant de ne pas penser : c'est à cela qu'aurait dû ressembler leur vie si seulement…

— Maman ! Maman ! Il neige !

Clara fit irruption dans la cuisine et se mit à danser tout autour de la pièce.

— Ce soir on va faire une promenade en charrette à foin en chantant des chants de Noël et tout est couvert de neige !

Elle se figea devant Jason et lui adressa un sourire épanoui :

— Bonjour.

— Salut, toi.

— Marcie et moi, on va faire un bonhomme de neige. Elle dit que les plus beaux sont ceux qu'on fait à Noël. Tu pourras nous aider si tu veux.

Faith s'était demandé comment réagirait Clara en voyant Jason assis à la table du petit déjeuner. Secouant la tête, elle se mit à battre les œufs. Elle aurait dû savoir que Clara accepterait l'homme que sa mère avait choisi d'aimer.

— Tu dois prendre un petit déjeuner.

Clara tripota le Père Noël en plastique accroché au revers de son manteau, tirant sur le cordon pour que son nez s'allume, ce qui la ravissait chaque fois.

— J'ai mangé des céréales chez Marcie.

— Tu as dit merci à sa mère pour t'avoir gardée ?

— Ouais..., soupira-t-elle avant de s'interrompre, perplexe. Enfin, je crois... De toute façon, on va faire deux bonshommes de neige pour organiser un mariage et tout le reste. Le mariage, c'est une idée de Marcie.

— Clara préférerait jouer à la guerre, confia Faith à Jason.

— Je m'étais dit qu'on pourrait jouer à ça après. Je vais peut-être d'abord boire un chocolat chaud.

Elle considéra fixement la boîte à cookies et évalua ses chances. Minimes.

— Je vais t'en préparer un. Et tu auras droit à un cookie quand tu auras fini ton bonhomme de neige, promit Faith, le dos tourné. Suspends tes affaires près de la porte.

Tout en s'extrayant de son manteau, Clara papota avec Jason.

— Tu ne vas pas retourner en Afrique, hein ? Moi, je trouve que l'Afrique, c'est pas marrant à Noël. La mère de Marcie dit que tu vas sûrement partir dans un endroit génial.

— Je suis censé être à Hongkong dans quelques semaines.

Il lança un coup d'œil en direction de Faith. Celle-ci restait le dos tourné.

— Mais je vais passer Noël ici.

— Tu as un arbre dans ta chambre ?

— Non.

Clara le fixa, les yeux écarquillés.

— Mais alors, où tu vas mettre tes cadeaux ? Noël sans arbre, c'est pas vraiment Noël, pas vrai, maman ?

Faith songea à Jason qui avait grandi sans jamais avoir d'arbre à Noël. Il faisait tant d'efforts, se souvint-elle, pour lui faire croire qu'il s'en fichait.

— Un arbre ne sert qu'à rappeler aux autres que c'est Noël.

Sceptique, Clara se laissa tomber sur une chaise.

— Mouais, peut-être…

— A moi aussi, elle me disait la même chose, confia Jason à Clara. De toute façon, à mon avis, M. Beantree n'apprécierait guère que je sème des aiguilles de sapin partout dans la chambre.

— Mais nous, on a un arbre, alors tu pourrais venir manger chez nous ? réfléchit-elle.

Maman prépare une énorme dinde et papi et mamie viennent manger ici. Mamie apporte des gâteaux et on se goinfre toute la journée.

— Ça m'a l'air génial comme programme…

Amusé, il lança un regard en direction de Faith qui faisait glisser les œufs sur un plat.

— Il m'est déjà arrivé deux ou trois fois de passer le repas de Noël chez tes grands-parents.

— C'est vrai ?

Clara l'examina d'un œil intéressé.

— Il paraît que tu étais l'amoureux de maman, avant. Comment ça se fait que vous vous êtes pas mariés ?

— Tiens, Clara, voilà ton chocolat. Tu ferais mieux de te dépêcher, Marcie t'attend.

— Vous allez nous rejoindre dehors ?

— Bientôt.

Soulagée d'avoir pu si facilement détourner l'attention de sa fille, Faith posa le plat d'œufs au bacon sur la table. Ignorant le haussement de sourcil mi-figue mi-raisin de Jason, elle s'assit.

— Il nous faut des carottes, des cache-nez et tout un tas de trucs.

— Je m'en occupe.

Avec un grand sourire, Clara avala son chocolat.

— Et des chapeaux ?

— Et des chapeaux.

Une boule de neige vint s'écraser contre la fenêtre de la cuisine. Clara se leva d'un bond.

— C'est elle ! Je dois y aller. Dépêche-toi de venir, maman, c'est toi la plus forte pour les bonshommes de neige !

— Dès que je serai habillée. N'oublie pas de boutonner ton manteau jusqu'en haut.

A la porte de derrière, Clara hésita.

— J'ai un petit arbre de Noël en plastique dans ma chambre. Tu peux le prendre si tu veux.

Touché, Jason la dévisagea. Tout le portrait de sa mère... et il tomba amoureux une seconde fois.

— Merci.

— De rien. Salut !

— C'est vraiment une gosse formidable, commenta Jason tandis que la porte se refermait derrière Clara... Oui, je l'aime bien... Je lui donnerai un coup de main pour son bonhomme de neige.

— Tu n'y es pas obligé, Jason.

— Ça me fait plaisir. Ensuite, il faudra que je m'occupe de certaines choses.

Il consulta sa montre. On n'était encore qu'à la veille de Noël... Mais quand le destin vous offrait une seconde chance, mieux valait battre le fer tant qu'il était chaud.

— Puis-je espérer une invitation pour ce soir ?

Faith sourit faiblement et du bout de la fourchette joua avec la nourriture dans son assiette.

— Depuis quand as-tu besoin d'une invitation ?

— Ne prépare rien, j'apporterai quelque chose.

— Ce n'est pas la peine, je...

— Ne prépare rien te dis-je, répéta-t-il en se levant.

Il se pencha pour l'embrasser, s'attardant sur ses lèvres.

— Je reviens.

Il prit son manteau à la patère, où il avait côtoyé celui de Clara. Quand Jason fut parti, Faith contempla le toast qu'elle avait réduit en miettes entre ses doigts. Hongkong. Cette fois au moins, elle savait où il allait.

Au bord du jardin, les bonshommes de neige le regardèrent passer, hilares, lorsqu'il les longea pour se frayer un chemin jusqu'à l'arrière de la maison. Chargé de cartons en équilibre, Jason frappa à la porte de derrière du bout de sa chaussure. Il neigeait à gros flocons depuis le matin.

— Jason !

Interloquée, Faith recula pour le laisser entrer en le voyant vaciller sous le poids des paquets.

— Où est Clara ?

— Clara ? répéta-t-elle en le regardant fixement, et elle repoussa ses cheveux en arrière. En haut, elle se prépare pour sa promenade en charrette à foin.

— Bien. Prends le carton sur le dessus.

— Jason, mais qu'est-ce que c'est que tout ça ?

— Prends le carton sur le dessus te dis-je, à moins que tu ne préfères que la pizza finisse écrasée par terre ?

— D'accord, mais…

Faith rit en voyant qu'un énorme carton menaçait de glisser des bras de Jason.

— Jason, qu'est-ce que tu as fait ?

— Attends une minute.

Tenant la pizza, elle le regarda traîner le grand carton dans le salon.

— Jason, qu'est-ce que c'est que ça ?

— Un cadeau.

Il voulut le poser sous l'arbre mais s'aperçut qu'il n'y avait pas la place. Au prix de quelques efforts, il parvint à appuyer le paquet contre le mur, à côté de l'arbre. Il se retourna vers Faith, radieux. Il ne s'était jamais senti aussi heureux de sa vie.

— Joyeux Noël.

— A toi aussi. Jason, qu'y a-t-il dans cette boîte ?

— Bon sang, il gèle dehors !

Il se frotta les mains, prenant à peine conscience du froid mordant qui régnait à l'extérieur.

— Il reste du café ?

— Jason...

— C'est pour Clara.

Il se sentit un peu bête, mais curieusement, cela n'atténua en rien sa joie.

— Ce n'était pas la peine de lui offrir un cadeau, commença Faith, mais elle fut vaincue par la curiosité. Qu'est-ce que c'est ?

— Ça ? fit Jason en tapotant la boîte de presque deux mètres. Oh, ce n'est rien...

— Si tu ne me dis pas ce que c'est, tu seras privé de café ! Et je garderai la pizza pour moi, ajouta-t-elle avec un sourire.

— Quel rabat-joie tu fais ! C'est un toboggan, révéla-t-il.

Il prit Faith par le bras et l'entraîna hors de la pièce.

— Pendant que nous faisions le bonhomme de neige, Clara m'a confié qu'un de ses copains avait un toboggan identique à celui-ci et qu'il faisait des superglissades.

— Des superglissades..., murmura Faith.

— Et la neige, c'est idéal pour faire des superglissades...

— Idiot, répliqua Faith en l'embrassant avec fougue.

— Pose cette pizza et répète-moi ça.

Elle rit et laissa la pizza entre eux.

— Waou !

Faith haussa un sourcil surpris en entendant l'exclamation en provenance du salon.

— Je crois que Clara a vu le carton...

La fillette fonça sur eux comme une fusée.

— Tu as vu ? Je savais qu'il y en aurait un de plus, je le savais ! Il est aussi grand que toi, dit-elle à Jason. Et tu as vu ? ajouta-t-elle en le tirant par la main pour l'entraîner dans le salon, il y a mon nom écrit dessus.

— Tu te rends compte...

Jason la souleva et l'embrassa sur les deux joues.

— Joyeux Noël.

— Il me tarde tellement ! s'écria-t-elle en

lui nouant les bras autour du cou de toutes ses forces, il me tarde tellement !

En les regardant, Faith se sentit douloureusement déchirée par un tourbillon d'émotions contradictoires. Que devait-elle faire ? Que pouvait-elle faire ? Lorsque Jason se retourna, tenant toujours Clara dans ses bras, les lumières de l'arbre de Noël nimbèrent leurs visages d'une aura féerique.

— Faith ?

Pas besoin de mots, il suffisait à Jason de lire l'expression de son visage pour reconnaître la détresse, la souffrance et le bouleversement qu'elle ressentait.

— Qu'est-ce qui se passe ?

Faith tritura nerveusement le carton à pizza.

— Rien. Je vais aller découper cette pizza avant qu'elle ne refroidisse.

— De la pizza ? s'exclama Clara en se dégageant de l'étreinte de Jason. Je pourrai en avoir deux parts ? C'est Noël...

— Coquine ! la gourmanda Faith avec

tendresse tout en lui ébouriffant les cheveux. Va mettre la table.

— Qu'y a-t-il, Faith ?

Jason la prit par le bras avant qu'elle ait pu suivre sa fille dans la cuisine.

— Quelque chose ne va pas.

— Non, pas du tout.

Il fallait qu'elle se maîtrise. Elle avait réussi à refouler toutes ses émotions depuis si longtemps…

— Je me sens un peu dépassée par tout ce que tu fais, expliqua-t-elle, et elle lui effleura la joue en souriant. Ce n'est pas la première fois, d'ailleurs. Allez viens, allons manger.

Comme elle ne semblait pas disposée à lui livrer le fond de sa pensée, il laissa aller et lui emboîta le pas vers la cuisine où Clara essayait de glisser un œil à l'intérieur de la boîte en carton. Il n'avait encore jamais vu d'enfant engloutir de la nourriture avec un tel enthousiasme. Comment aurait-il pu deviner que le soir de Noël était un moment aussi extraordinaire ?

Il n'avait jamais eu personne à ses côtés pour partager cette soirée.

Clara avala le dernier morceau de sa seconde part de pizza.

— Peut-être que si j'ouvrais un cadeau ce soir, il y aurait moins de pagaille demain matin… ?

Faith parut réfléchir à la question.

— Moi, j'aime bien la pagaille, estima-t-elle, et Jason comprit que cette conversation était un rituel entre elles deux.

— Peut-être que si j'ouvrais juste un cadeau ce soir, je pourrais aller au lit tout de suite. Comme ça, tu n'aurais pas à attendre des heures avant d'aller remplir les bas de Noël en cachette…

— Hum…

Faith repoussa son assiette vide et savoura le vin que Jason avait apporté.

— Ça ne me déplaît pas de traîner dans la maison, la nuit…

— Si j'ouvrais juste…

— Pas question.

— Mais si je…

— Non.

— Mais il reste encore des heures et des heures avant que ça soit Noël !

— Atroce, n'est-ce pas ? la taquina Faith en souriant. Et tu vas aller chanter des chants de Noël dans dix minutes, alors tu ferais mieux de mettre ton manteau.

Clara alla enfiler ses bottes.

— Peut-être que quand je reviendrai, tu te diras que dans le tas, il y a un cadeau moins important que les autres et que c'est pas la peine d'attendre jusqu'à demain matin pour l'ouvrir... ?

— Les cadeaux qui se trouvent sous cet arbre sont tous d'une importance capitale.

Faith se leva pour l'aider à passer son manteau.

— Et tu vas bien obéir aux instructions. Tu ne t'éloignes pas du groupe. Tu n'enlèves pas tes mitaines, je tiens à te récupérer avec tous tes doigts. Ne perds pas ton bonnet. Souviens-toi que M. et Mme Easterday sont responsables de vous.

— Maman…, soupira Clara en tapant du pied. Tu me traites comme si j'étais un bébé !

— Mais tu es mon bébé, répliqua Faith en lui plaquant un baiser sonore sur la joue. Donc…

— Oh ! lala ! Je vais avoir dix ans en février. C'est comme si c'était demain.

— Et tu seras toujours mon bébé en février. Amuse-toi bien.

Clara poussa un soupir résigné d'enfant incomprise.

— D'accord…

— D'accord, fit Faith en l'imitant.

Clara lança un bref coup d'œil derrière sa mère.

— Tu restes jusqu'à ce que je revienne ?

— Bien sûr.

Satisfaite, elle sourit et ouvrit la porte.

— A tout à l'heure.

— Quel petit monstre ! déclara Faith en empilant les assiettes.

— Elle est géniale.

Jason se leva et entreprit de l'aider à débarrasser la table.

— Mais pas très grande pour son âge, je trouve. Je ne lui aurais jamais donné dix ans. C'est dur à…

Il s'arrêta net tandis que Faith déposait les plats dans l'évier.

— Elle va avoir dix ans en février.

— Mmm… Moi-même j'ai du mal à y croire. Parfois j'ai l'impression que c'était hier, et puis…

Elle n'acheva pas sa phrase, soudain saisie d'angoisse.

Avec un soin étudié, elle se mit à remplir l'évier d'eau savonneuse.

— J'en ai pour une minute. Si tu veux bien emporter le vin dans le salon…

— En février…, répéta Jason en la saisissant par le bras.

Il la força à se tourner vers lui et vit le sang se retirer de son visage. Ses doigts se resserrèrent autour de son bras sans que ni l'un ni l'autre ne s'aperçoive qu'il lui faisait mal.

— Dix ans en février. Nous avons fait l'amour en juin, il y a dix ans. Je ne sais plus combien de fois cette nuit-là. Je ne t'ai plus jamais touchée par la suite, nous n'avons plus jamais eu l'occasion de nous retrouver seuls jusqu'à ce que je m'en aille, à peine quelques semaines plus tard. Tu dois avoir épousé Tom en septembre.

Faith avait la gorge sèche comme du parchemin. Bouleversée, elle se contenta de le regarder fixement.

— C'est ma fille, murmura-t-il, et les mots vibrèrent à travers la pièce. Clara est ma fille.

Faith voulut parler, mais que pouvait-elle dire ? Les lèvres tremblantes, les yeux noyés de larmes, elle ne put que hocher la tête.

— Mon Dieu !

Il la saisit par les bras, manquant la soulever de terre avant de la pousser contre le comptoir. Son regard brûlait d'une telle fureur qu'elle aurait pris peur si elle n'avait pas estimé sa colère légitime.

— Comment as-tu pu ? Bon sang, Faith, c'est notre fille et tu ne me l'as jamais dit ! Tu as épousé un autre homme et tu as eu notre enfant avec lui. Tu lui as menti à lui aussi ? Tu lui as fait croire qu'il était le père afin d'avoir ton petit foyer bien douillet avec des rideaux en dentelle ?

— Jason, je t'en prie...

— J'ai des droits !

Il la repoussa brutalement de peur de perdre son sang-froid et de céder à la violence qui l'animait.

— J'ai des droits sur elle. Dix ans... Tu m'as volé dix ans !

— Non ! Non, ça ne s'est pas passé comme ça. Je t'en prie, Jason... Tu dois m'écouter !

— Va au diable.

Il prononça ces mots avec un tel calme qu'elle recula comme sous l'effet d'une gifle. Elle pouvait affronter sa colère, elle pouvait même essayer de le raisonner. Mais devant sa rage froide, elle était impuissante.

— Je t'en prie, laisse-moi essayer de t'expliquer.

— Il n'y a rien qui puisse justifier ça. Rien !

Il arracha son manteau de la patère et sortit en trombe.

— Tu es un bel imbécile, Jason Law.

Installée dans le rocking-chair de sa cuisine, la veuve Merchant le fixa d'un regard courroucé.

— Elle m'a menti. Elle me ment depuis des années.

— Sottises !

Elle tripota nerveusement la guirlande du petit arbre de Noël posé sur la tablette près de la fenêtre. Les joyeux accords de *Casse-Noisette* leur parvenaient du salon.

— Elle a fait ce qu'elle devait faire, ni plus ni moins.

Jason tournait dans la cuisine comme un lion en cage. Pourquoi était-il venu ici au lieu d'aller au Clancy's Bar ? Il l'ignorait. Il avait marché dans la neige pendant une heure, peut-être plus, et s'était retrouvé sur le pas de la porte de la veuve.

— Vous le saviez, n'est-ce pas ? Vous saviez que j'étais le père de Clara.

— J'avais ma petite idée là-dessus.

Le rocking-chair grinçait doucement tandis qu'elle se balançait.

— Elle te ressemble.

Cette remarque électrisa Jason d'un sentiment inconnu, déconcertant.

— C'est le portrait de Faith.

— C'est vrai, sauf si on y regarde de plus près. Elle a tes sourcils et ta bouche. Sans parler de ton caractère, doux Jésus ! Jason, si tu avais su il y a dix ans que tu allais être père, qu'aurais-tu fait ?

Il se tourna vers la vieille dame.

— Je serais revenu pour elle, affirma-t-il en passant une main dans ses cheveux. J'aurais paniqué, admit-il d'une voix plus calme. Mais je serais revenu.

— C'est ce que j'ai toujours pensé. Mais c'est… enfin, c'est à Faith de tout t'expliquer. Tu ferais mieux de retourner chez elle et d'écouter sa version de l'histoire.

— Ça m'est égal.

— Je ne supporte pas les martyrs, marmonna la veuve.

Il voulut rétorquer vertement, mais préféra pousser un soupir.

— C'est dur. C'est vraiment dur.

— Oui, mais c'est ta vie, lâcha-t-elle, non sans compassion. Tu veux de nouveau les perdre toutes les deux ?

— Non. Mon Dieu, non ! Mais je ne sais pas jusqu'à quel point je peux lui pardonner.

La vieille femme haussa les sourcils.

— Très bien. Demande donc à Faith dans quelle mesure elle est capable de te pardonner à toi aussi.

Avant qu'il ait pu répliquer quoi que ce soit, la porte de la cuisine s'ouvrit à toute volée. Sur le seuil se tenait Faith, couverte de neige, le visage ruisselant de larmes. Sans tenir compte de ses vêtements trempés, elle se précipita sur Jason.

— Clara, parvint-elle à articuler.

Il la prit dans ses bras et sentit son corps secoué de frissons. Elle lui communiqua aussitôt sa panique.

— Qu'est-ce qui s'est passé ?

— Elle a disparu.

9

— Ils vont la retrouver.

Jason tenait Faith par le bras tandis qu'ils rejoignaient péniblement sa voiture dans la neige.

— Ils l'ont probablement déjà retrouvée.

— Un des enfants pense qu'elle et Marcie se sont aventurées derrière cette ferme pour aller voir les chevaux dans la grange. Mais quand ils sont allés vérifier, elles n'y étaient pas. Il fait noir…

Faith sortit maladroitement ses clés.

— Laisse-moi conduire.

Elle ne protesta pas et monta du côté passager.

— Lorna et Bill ont appelé le shérif du

téléphone de la ferme. La moitié du village est partie à leur recherche. Mais il y a tellement de neige et elles sont si petites ! Jason...

Il lui prit le visage entre les mains, l'air calme et décidé.

— Nous allons les retrouver.

— Oui.

Elle essuya ses larmes de la paume de la main.

— Dépêchons-nous.

Il ne pouvait dépasser les cinquante à l'heure, c'était trop risqué. Ils descendirent la route enneigée, scrutant les environs dans l'espoir de repérer un signe quelconque. Les collines et les champs se déroulaient, immaculés, paisibles. Implacables aux yeux de Faith. Mais bien qu'en proie à une folle angoisse, elle retenait ses larmes.

A quinze kilomètres du village, les champs étaient éclairés comme en plein jour. Des groupes de voitures formaient un réseau de phares sur la route et des hommes et des femmes s'enfonçaient dans la neige en lançant des appels. A peine Jason eut-il coupé le moteur que Faith bondit hors de la voiture pour se précipiter vers le shérif.

— Nous ne savons toujours pas où elles sont, Faith, mais nous allons les retrouver. Elles ne peuvent pas être allées bien loin.

— Vous avez fouillé la grange et les dépendances ?

Le shérif hocha la tête en direction de Jason.

— Chaque centimètre carré.

— Et du côté opposé ?

— Je vais envoyer des hommes par là-bas.

— Nous allons y aller tout de suite.

Aveuglé par la neige, il se fraya un passage entre les voitures. Une fois qu'ils eurent repris la route, il ralentit encore son allure et se mit à prier. Il avait participé à des recherches un jour, dans les Rocheuses. Il gardait encore à la mémoire les séquelles d'un séjour de quelques heures dans le vent et la neige.

— J'aurais dû lui dire de mettre un autre pull.

Désespérée, Faith joignit les mains sur ses genoux tout en s'efforçant de discerner quelque chose par la vitre. Dans sa hâte, elle avait oublié ses gants mais elle ne sentait pas ses doigts gourds.

— Elle déteste tellement que je fasse des histoires que je n'ai pas eu le cœur de lui gâcher sa soirée. Noël représente tant pour Clara. Elle était si excitée...

Une vague de peur la submergea et sa voix se brisa.

— J'aurais dû lui dire de mettre un autre pull. Elle va être... Stop !

Jason écrasa brutalement le frein, et la voiture fit un tête-à-queue. Il lui fallut tout son sang-froid pour contrôler le dérapage dans la neige. Faith ouvrit la portière et jaillit du véhicule.

— Là-bas, il y a...

— C'est un chien.

Il la retint par le bras avant qu'elle ait pu s'élancer à travers le champ désert.

— C'est un chien, Faith.

— Oh, mon Dieu !

Perdant tout contrôle sur elle-même, elle s'effondra contre lui.

— Elle est si petite... Où peut-elle bien être ?

Oh, Jason, où est-elle ? J'aurais dû l'accompagner. Si j'avais été là, elle…

— Arrête !

— Elle a froid, elle doit être terrorisée…

— Et elle a besoin de sa mère, affirma-t-il en la secouant. Elle a besoin de toi.

Luttant pour ne pas céder à la crise de nerfs, elle pressa une main contre sa bouche.

— Oui, tu as raison. Ça va aller. Allons-y. Allons voir un peu plus loin.

— Tu vas m'attendre dans la voiture. Je vais faire quelques mètres dans ce champ pour voir si je repère quelque chose.

— Je viens avec toi.

— J'irai plus vite seul. Ça ne me prendra que quelques minutes.

Il l'entraînait vers la voiture quand son regard saisit un éclair rouge.

— Là-bas !

Il lui agrippa le bras tout en essayant de distinguer quelque chose à travers les flocons. Il revit une fois de plus l'éclair rouge, juste en bordure du champ.

— C'est Clara ! s'écria Faith, en se frayant déjà un passage dans la neige. Elle porte un manteau rouge !

Elle se mit à courir, projetant de la neige autour d'elle. C'était froid et mouillé mélangé aux larmes qui l'aveuglaient. Rassemblant son souffle, elle appela de toutes ses forces. Les bras grands ouverts, elle reçut les deux fillettes et les serra contre elle.

— Oh, mon Dieu, Clara, j'ai eu si peur ! Regardez dans quel état vous êtes ! Vous êtes gelées toutes les deux. On va retourner à la voiture. Tout va bien. C'est fini maintenant.

— Est-ce que maman est très en colère contre moi ?

Marcie sanglotait en frissonnant contre son épaule.

— Non, non, elle est inquiète, c'est tout. Tout le monde se fait du souci pour vous.

— Hop là ! fit Jason en soulevant Clara de terre.

Pendant un court instant, il s'offrit le luxe de blottir son visage dans le cou de sa fille.

Il regarda par-dessus son épaule et vit Faith prendre Marcie dans ses bras.

— Ça va aller ?

Faith sourit, serrant contre elle la petite fille en larmes.

— Pas de problème.

— Alors, rentrons à la maison.

— On voulait pas se perdre...

Les larmes de Clara dégoulinaient le long de son col.

— Bien sûr que non.

— On voulait juste aller voir les chevaux et puis on a tourné en rond. On n'a pas pu trouver quelqu'un. J'ai pas eu peur.

Clara hoqueta en se serrant contre lui.

— C'est Marcie qui avait peur.

Sa fille... Il sentit sa vision se brouiller en l'étreignant de plus belle.

— Vous ne risquez plus rien maintenant.

— Maman pleurait...

— Elle va bien elle aussi.

Il s'arrêta devant la voiture.

— Tu peux les prendre toutes les deux à

l'avant sur tes genoux ? demanda-t-il à Faith. Elles auront plus chaud.

— Bien sûr.

Quand Faith se fut installée à l'intérieur de la voiture avec Marcie, Jason lui fit passer Clara. Ils échangèrent un long regard au-dessus de sa tête.

— On n'arrivait pas à voir les lumières de la maison dans toute cette neige, murmura Clara en se blottissant contre sa mère. Et puis, pendant très longtemps, on n'a pas retrouvé la route. Il faisait tellement froid. J'ai pas perdu mon bonnet.

— Je sais, chérie. Tiens, enlève tes mitaines, elles sont mouillées. Toi aussi, Marcie. Jason a mis le chauffage à fond. Dans un rien de temps, vous allez cuire.

Elle couvrit leurs visages de baisers et lutta pour ne pas fondre en larmes.

— Quels chants de Noël avez-vous chantés ?

— *Jingle Bells*, renifla Marcie.

— Ah, un de mes préférés !

— Et aussi *Joy to the world*, intervint Clara.

Le chauffage soufflait de l'air chaud sur leurs mains et leurs visages.

— Tu l'aimes encore plus que *Jingle Bells*, celui-là.

— C'est vrai, mais je ne me souviens plus du début. Comment ça commence, Marcie ?

Elle sourit à Clara et la serra encore plus fort contre elle.

D'un filet de voix haut perché et encore mal assuré, Marcie entonna le chant traditionnel. Elle avait presque atteint la fin du premier couplet lorsqu'ils arrivèrent à la hauteur du reste des équipes de recherche.

— C'est mon papa !

Bondissant sur les genoux de Faith, Marcie se mit à faire de grands signes de la main en direction de son père.

— Il n'a pas l'air en colère…

Avec un petit rire, Faith déposa un baiser au sommet de son crâne.

— Joyeux Noël, Marcie.

— Joyeux Noël, madame Monroe. A demain, Clara.

Marcie eut à peine le temps d'ouvrir la portière qu'elle fut happée par les bras de son père.

— Quelle nuit !

La voiture se fraya un passage à travers la foule qui poussait des cris de joie et agitait la main vers eux.

— C'est le soir de Noël, rappela Clara à sa mère.

Le monde avait retrouvé son ambiance sûre et chaleureuse.

— Je devrais peut-être ouvrir le gros paquet ce soir...

— Pas question, répliqua Jason en lui tirant les cheveux.

Faith tourna sa fille vers elle et la serra de toutes ses forces.

— Ne pleure pas, maman.

— J'en ai besoin, juste une minute.

Elle tint parole, et lorsqu'ils arrivèrent devant la maison, ses yeux étaient secs. Jason porta Clara à l'intérieur, épuisée et endormie sur son épaule.

— Je vais m'occuper d'elle, Jason.

— Nous allons nous occuper d'elle.

Faith laissa les bras retomber le long de son corps et hocha la tête.

Ils lui retirèrent ses bottes, ses chaussettes et ses pulls, puis l'enveloppèrent dans un pyjama chaud. Elle murmura des mots indistincts et s'efforça de garder les yeux ouverts, mais les aventures de la soirée eurent raison d'elle.

— C'est le soir de Noël, marmonna-t-elle. Je veux me lever super-tôt demain matin.

— Aussi tôt que tu voudras, répondit Faith en l'embrassant sur la joue.

— Je pourrai avoir des cookies au petit déjeuner ?

— Une demi-douzaine, acquiesça Faith sans hésitation.

Clara sourit et sombra dans le sommeil avant que Faith l'ait bordée sous les couvertures.

— J'ai eu si peur... (Faith laissa sa main s'attarder sur la joue de sa fille.) J'ai eu si peur de ne plus jamais la revoir comme ça. A l'abri, au chaud. Jason, je ne sais pas comment te remercier d'avoir été là. Si j'avais été seule...

Sa voix se brisa et elle secoua la tête.

— Je crois qu'on devrait descendre, Faith.

Au ton de sa voix elle se raidit. Elle était prête à affronter ses accusations, son amertume, son ressentiment.

— Je boirais bien quelque chose, remarqua-t-elle tandis qu'ils descendaient l'escalier. Du brandy. On dirait que le feu s'est éteint.

— Je m'en occupe. Va chercher le brandy. J'ai à te parler.

— Très bien.

Elle le laissa pour aller au petit buffet de la salle à manger. Lorsqu'elle revint dans le salon, le feu était en train de prendre. Jason se redressa de la cheminée et prit le verre de brandy qu'elle lui tendait.

— Tu veux t'asseoir ?

— Non, je ne peux pas rester assise.

Elle prit une gorgée de son verre, mais il lui aurait fallu bien plus que du brandy pour calmer ses nerfs éprouvés.

— Quoi que tu aies à me dire, Jason, dis-le.

10

Faith se tenait devant lui, très raide, les yeux brillants d'émotion, les mains crispées sur son verre de brandy. Une partie de lui-même avait envie d'aller vers elle, de la prendre dans ses bras et de la garder serrée tout contre lui. En une nuit, il s'était découvert une fille et avait failli la perdre. Le reste comptait-il vraiment ? Mais au fond de lui-même, il y avait un vide qui demandait à être comblé. Il bouillait de questions, de revendications, d'accusations qui exigeaient des réponses. Il fallait mettre la situation à plat avant de pouvoir s'entendre, et parvenir à une compréhension mutuelle avant qu'il puisse être question de pardon. Mais par où commencer ?

Jason alla vers l'arbre de Noël. Au sommet de celui-ci brillait une étoile qui baignait toutes les autres couleurs d'une lumière argentée.

— Je ne sais pas trop quoi dire. Ce n'est pas tous les jours qu'on se découvre une fille préadolescente. J'ai l'impression qu'on m'a volé ses premiers pas, ses mots d'enfant. Il n'y a rien que tu puisses dire ou faire pour me rendre ça, n'est-ce pas ?

— Non.

Il se tourna vers elle : calme et très pâle, elle serrait son verre de brandy sur ses genoux. Maîtresse de ses émotions. Non, ce n'était pas la Faith qu'il avait quittée jadis. La jeune fille d'autrefois n'aurait jamais été capable de contrôler ses nerfs comme la femme qui se tenait aujourd'hui devant lui.

— Des excuses, Faith ?

— Je pensais en avoir, mais cette nuit, quand j'ai cru l'avoir perdue…

Sa voix se brisa et elle secoua la tête.

— Non, je n'ai aucune excuse, Jason.

— Clara croit que Tom est son père.

— Non !

Faith perdit son calme et ses yeux lancèrent des éclairs.

— Crois-tu que je l'aurais laissée croire que son père l'avait abandonnée, qu'il ne se souciait même pas de lui écrire ? Elle connaît quasiment toute la vérité. Je ne lui ai jamais menti.

— Mais quelle vérité ?

Elle prit une profonde inspiration et leva les yeux vers lui ; elle restait pâle mais c'est d'une voix ferme qu'elle déclara :

— Que j'aimais son père, et que lui aussi m'aimait, mais qu'il avait dû partir avant que je me sois aperçue que j'étais enceinte d'elle et qu'il n'avait pas pu revenir.

— Il serait revenu.

Un éclair de désespoir traversa le regard de Faith mais elle détourna la tête.

— C'est ce que je lui ai dit aussi.

— Pourquoi ?

Il sentit monter en lui une bouffée de rage et dut lutter pour ne pas se laisser envahir.

— J'ai besoin de savoir pourquoi tu as agi comme tu l'as fait. Quand je pense que j'ai perdu toutes ces années…

— Toi ?

Faith eut plus de mal à maîtriser sa colère que son chagrin. Des années de souffrance refoulée se mirent à bouillonner en elle. Elle éclata :

— *Toi*, tu as perdu toutes ces années ? répéta-t-elle en faisant volte-face vers lui. Tu étais parti et j'avais dix-huit ans, j'étais seule et enceinte !

Il fut gagné par un sentiment de culpabilité. Ce n'était pas prévu.

— Je ne t'aurais pas quittée si tu m'en avais parlé.

— Je l'ignorais.

Elle posa son brandy et ramena sa chevelure en arrière à deux mains.

— Ce n'est qu'une semaine après ton départ que j'ai découvert que je portais notre enfant. J'étais très excitée.

Avec un petit rire, elle croisa les mains sur la poitrine. Pendant un instant elle parut terriblement jeune et innocente.

— J'étais si heureuse... J'ai attendu jour après jour, nuit après nuit, que tu m'appelles pour pouvoir t'annoncer la nouvelle.

Son regard s'éteignit. Son sourire s'estompa.

— Mais tu n'as jamais appelé, Jason.

— J'avais besoin de temps pour me faire une situation — trouver un boulot stable, un foyer décent.

— Du moment que j'étais avec toi, j'aurais pu vivre n'importe où, mais ça tu ne l'as jamais compris.

Elle secoua la tête avant qu'il puisse répliquer.

— Ça n'a plus d'importance aujourd'hui. Tout ça est loin. Une semaine est passée, puis deux, puis un mois. Je me suis rendue malade d'angoisse, j'avais des nausées matinales, et j'ai commencé à réaliser que tu n'appellerais jamais. Au début, j'étais furieuse contre toi, j'avais compris que tu ne m'aimais pas suffisamment. Que pour toi je n'étais qu'une petite campagnarde.

— C'est faux. Je n'ai jamais pensé ça.

Elle l'étudia un moment, d'un œil presque détaché. Les lumières de l'arbre nimbaient ses cheveux blond foncé, se reflétaient dans son regard si profond, ce regard qui avait toujours recélé ses propres secrets. Cette impatience qui ne le laissait jamais en repos.

— Vraiment ? murmura-t-elle. Tu voulais t'en aller, c'est évident. Pour toi, je faisais partie de Quiet Valley, et tu voulais tout quitter.

— Je voulais t'avoir auprès de moi.

— Mais pas assez pour me laisser venir avec toi.

Il fit mine de protester mais elle l'interrompit en secouant la tête.

— Pas assez pour me faire venir quand tu as eu fait tes preuves comme tu le souhaitais. Je n'ai jamais compris, Jason, mais depuis que tu es revenu, je commence à entrevoir la vérité.

— Tu n'allais rien me dire à propos de Clara, n'est-ce pas ?

Elle perçut de nouveau l'amertume dans sa voix et ferma les yeux pour s'en protéger.

— Je ne sais pas. Franchement, je l'ignore.

Il but une gorgée dans l'espoir que l'alcool réchaufferait le froid glacial qui s'était emparé de lui.

— Raconte-moi la suite de l'histoire.

— Je voulais ce bébé mais j'avais peur, tellement peur que je n'ai pas osé en parler à ma mère.

Elle reprit son verre de brandy mais se contenta de le serrer très fort.

— J'aurais dû, bien sûr, mais je n'avais pas les idées claires.

— Pourquoi as-tu épousé Tom ?

Mais en posant la question, il se rendit compte que ses vieilles rancœurs étaient en train de s'estomper. Tout ce qu'il voulait, c'était comprendre.

— Tom passait me voir presque chaque soir. Nous discutions. Ça n'avait pas l'air de le déranger que je lui parle de toi, et Dieu sait que j'en avais besoin… Et puis, un soir, alors que nous étions assis sous la véranda, j'ai craqué. J'étais enceinte de trois mois et mon corps commençait à se modifier. Ce matin-là, je n'avais pas pu boutonner mon jean.

Elle se passa la main sur le visage et laissa échapper un rire mal assuré.

— Ça peut paraître bête, mais je n'ai pas réussi à boutonner mon jean et ça m'a terrifiée. J'ai compris que je ne pouvais plus faire marche arrière. Je lui ai tout avoué sous la véranda, les mots jaillissaient de moi, je ne pouvais pas m'arrêter. Tom m'a dit qu'il allait m'épouser. Evidemment j'ai refusé, mais il a commencé à raisonner en me démontrant que c'était la meilleure solution. Tu ne revenais pas et j'étais enceinte. Il m'aimait et il voulait m'épouser. L'enfant aurait un nom, un foyer, une famille. Son raisonnement m'a paru si juste sur le moment... et puis je voulais que mon enfant soit à l'abri du besoin. Je voulais être à l'abri du besoin.

Elle prit une gorgée de brandy pour tenter de dénouer sa gorge.

— C'était une erreur dès le départ. Tom savait que je n'étais pas amoureuse de lui, mais lui voulait de moi, ou du moins le croyait-il. Les premiers mois, nous avons essayé, nous avons vraiment fait des efforts. Mais après la naissance de Clara, il n'a plus pu gérer la situation. Chaque fois qu'il posait les yeux sur elle, il pensait à toi, je le voyais bien. Mais Clara était ta fille et je n'y pouvais rien.

Elle marqua une pause et s'aperçut qu'il était finalement plus facile de tout avouer.

— Je ne pouvais rien y faire. Avec Clara, c'était comme si tu étais encore un peu avec moi. Tom ne l'ignorait pas, quels qu'aient été mes efforts pour correspondre à ce qu'il attendait de moi. Il s'est mis à boire, à chercher la bagarre, à fuir la maison. Comme s'il voulait me pousser à demander le divorce.

— Mais tu ne l'as pas fait.

— Je n'ai pas demandé le divorce parce que je… eh bien, parce que je me sentais redevable envers lui. Et puis un jour, je suis rentrée à la maison — j'étais sortie avec Clara — et Tom n'était plus là. Les papiers du divorce sont arrivés par la poste, et voilà.

— Pourquoi n'as-tu jamais essayé de prendre contact avec moi, Faith, par le biais de magazines ou de journaux ?

— Pour te dire quoi ? Jason, tu te souviens de moi ? Au fait, tu as une fille à Quiet Valley. Passe donc nous voir un de ces quatre !

— Un mot — un seul mot de toi et j'aurais tout quitté pour revenir ici. Je n'ai jamais cessé de t'aimer.

Elle ferma les yeux.

— Je t'ai regardé partir. Je t'ai vu monter dans le car et m'abandonner sans laisser la moindre trace. Je suis restée plantée là pendant des heures à t'attendre, avec le vague espoir que tu descendrais au prochain arrêt et que tu reviendrais. C'est moi qui suis restée seule ici, Jason.

— Je t'ai appelée. Bon sang, Faith, il m'a fallu six mois pour me bâtir un semblant de situation.

Elle sourit.

— Et quand tu as appelé, j'étais enceinte de sept mois. Ma mère m'a caché ton coup de fil pendant longtemps, elle ne m'en a parlé qu'après que Tom m'a quittée. Tu le lui avais fait promettre, m'a-t-elle dit.

— J'avais ma fierté.

— Je sais.

Elle n'en doutait pas.

A son sourire, il devina qu'elle l'avait toujours compris.

— Tu as dû être terrifiée.

Faith s'adoucit.

— A certains moments, oui.

— Tu as dû me haïr.

— Jamais. Comment l'aurais-je pu ? Tu étais parti mais tu m'avais laissé la chose la plus merveilleuse de ma vie. Peut-être était-ce toi qui avais raison, peut-être était-ce moi. Peut-être avions-nous tort tous les deux, mais il y avait Clara. Chaque fois que je posais les yeux sur elle, je me souvenais de mon amour pour toi.

— Comment te sens-tu maintenant ?

— J'ai le trac.

Elle eut un petit rire, puis joignit les mains, résolue à agir correctement.

— Clara doit connaître la vérité. Je préfère lui parler moi-même.

Cette perspective le fit tendre la main vers son verre de brandy.

— Comment crois-tu qu'elle va prendre la chose ?

— Elle a appris à vivre sans père. Cela ne signifie pas pour autant qu'elle n'en ait pas besoin d'un.

Elle se redressa sur son siège et leva le menton d'un air de défi.

— Bien sûr, tu es en droit de la voir quand tu veux, mais je refuse qu'elle soit ballottée entre nous. Je comprends aussi que tu ne peux pas rester ici tout le temps à cause de ton travail, mais tu ne peux pas entrer sans crier gare dans sa vie pour en ressortir aussitôt. Il te faut faire un effort pour rester en contact avec elle, Jason.

Voilà donc encore une peur qu'elle portait

en elle depuis bien longtemps... Peut-être méritait-il tout cela, après tout.

— Tu n'as pas confiance en moi, n'est-ce pas ?

— Clara est trop importante pour moi et, ajouta-t-elle avec un petit soupir, toi aussi.

— Si je te disais que je l'ai aimée avant de savoir qu'elle était ma fille, cela changerait-il quelque chose pour toi ?

Elle songea au toboggan, à l'expression de Jason lorsque Clara lui avait jeté les bras autour du cou.

— Elle a besoin de tout l'amour qu'on peut lui donner. Comme nous tous. Elle te ressemble tellement, je...

Sa voix se brisa et ses yeux s'emplirent de larmes.

— Bon sang ! Je ne veux pas pleurer... (D'un geste impatient, elle chassa ses larmes.) Je lui parlerai demain, Jason. Le jour de Noël. Pour ce qui est des modalités, nous pourrons régler ça entre nous. Je sais que tu pars bientôt, mais si tu pouvais rester quelques jours de plus afin de lui laisser un peu de temps, ça nous faciliterait les choses à tous les trois.

Il se massa la nuque pour soulager sa tension.

— Tu ne m'as pas demandé grand-chose jusqu'à présent, n'est-ce pas ?

Elle sourit.

— Je t'ai tout demandé, au contraire. Nous étions tous les deux trop jeunes pour en avoir conscience.

— Tu as toujours cru aux miracles, Faith.

Il tira un petit paquet de sa poche.

— Il est presque minuit. Ouvre-le.

— Jason…

Elle se passa les mains dans les cheveux. Comment pouvait-il songer à des cadeaux en cet instant ?

— Je ne crois pas que le moment soit bien choisi.

— Nous avons dix ans de retard.

Il la força à accepter la petite boîte et Faith se surprit à la serrer des deux mains.

— Je n'ai rien à t'offrir.

Il lui effleura le visage, presque timidement.

— Tu viens de m'offrir une fille.

Elle fut submergée par une vague de soulagement. La voix de Jason vibrait de gratitude — son amertume avait disparu. L'amour qu'elle n'avait jamais cessé d'éprouver pour lui illumina son regard.

— Jason…

— S'il te plaît, ouvre-le.

Une fois ôté, le papier glacé de couleur rouge révéla un écrin de velours noir. D'une main un peu tremblante, elle l'ouvrit. La bague était un diamant taillé en poire, semblable à une goutte de givre brillant de mille feux sous les lumières de l'arbre de Noël.

— Paul m'a affirmé que c'était ce qu'il avait de plus beau en magasin.

— Tu as acheté cette bague avant de savoir que…

— Oui, avant de savoir que j'allais demander la mère de ma fille en mariage. Nous allons officialiser notre famille, tous les trois.

Il lui prit la main et laissa passer quelques secondes.

— Que dirais-tu d'une seconde chance ? Je ne te décevrai pas, Faith.

— Tu ne m'as jamais déçue.

Au bord des larmes, elle lui effleura la joue.

— Ce n'était ni ta faute ni la mienne, c'est la vie qui en a décidé ainsi. Oh, Jason ! J'ai tellement envie de devenir ta femme. Tu comprends, mon seul rêve a toujours été de me marier avec toi et de fonder une famille.

— Alors, laisse-moi passer cette bague à ton doigt.

— Jason, je ne suis pas seule dans cette histoire. Autrement, je partirais avec toi à la seconde. Nous irions à Hongkong, en Sibérie, à Pékin… N'importe où. Mais je ne suis pas seule : je dois rester ici.

— Tu n'es pas seule, répéta-t-il.

Il prit la bague et se débarrassa négligemment de l'écrin.

— Et c'est *moi* qui dois rester ici. Crois-tu que je pourrais t'abandonner une seconde fois ? Crois-tu que je pourrais partir en laissant la petite fille qui dort là-haut et renoncer à la chance de la voir grandir ? Non, je ne vais nulle part.

— Mais tu avais parlé de... Hongkong.

— J'ai démissionné.

Il sourit en sentant s'évanouir la tension accumulée entre eux pendant toutes ces années.

— Aujourd'hui. C'est une des choses que j'ai réglées cet après-midi. Je vais écrire un livre, annonça-t-il en la prenant par les épaules. Je n'ai plus de travail, je vis à l'hôtel et je te demande de m'épouser.

Bouleversée jusqu'au tréfonds d'elle-même, elle sentit son cœur cogner violemment dans sa poitrine. Oui, elle avait toujours cru aux miracles. Et Jason était là, devant elle.

— Il y a dix ans, je croyais t'aimer autant qu'il est possible d'aimer. Mais tu n'étais qu'un adolescent. Ces derniers jours, j'ai appris qu'aimer un homme était tout à fait différent.

Elle s'interrompit et considéra la bague au creux de la main de Jason. Elle scintillait sous les lumières festives de l'arbre de Noël.

— Si tu m'avais demandée en mariage il y a dix ans, je t'aurais répondu oui.

— Faith…

Elle se jeta à son cou en riant.

— Et je vais te faire la même réponse aujourd'hui. Oh, je t'aime, Jason, plus que jamais !

— Nous avons tant d'années à rattraper…

— Oui.

La bouche de Faith rencontra celle de Jason avec une passion égale, un espoir identique.

— Ce temps perdu, nous le rattraperons. Tous les trois.

— Tous les trois…, répéta-t-il, et il laissa son front reposer contre celui de Faith. Trois, ce n'est pas assez pour moi.

— D'ici Noël prochain, nous aurons bien le temps de donner à Clara un petit frère ou une petite sœur.

Ses lèvres cherchèrent de nouveau celles de Jason.

— Nous aurons bien le temps de faire tout ce dont nous avons toujours rêvé…

Les cloches se mirent à carillonner depuis la mairie du village. Minuit.

— Joyeux Noël, Faith.

Elle sentit qu'il lui glissait la bague au doigt : tous leurs vœux se réalisaient.

— Bienvenue chez toi, Jason.